PANÇA DE BURRO

ANDREA ABREU

Pança de burro

Tradução
Livia Deorsola

Copyright © 2020 by Andrea Abreu

Grafia atualizada segundo o Acordo Ortográfico da Língua Portuguesa de 1990, que entrou em vigor no Brasil em 2009.

Título original
Panza de burro

Capa
Elisa von Randow

Ilustração de capa
Sacudida, de Amanda Mijangos

Preparação
Silvia Massimini Felix

Revisão
Gabriele Fernandes
Ana Maria Barbosa

A tradutora agradece a Eladia Martín Sánchez, Julia Sanches e Augusto T. Anzilotti.

Dados Internacionais de Catalogação na Publicação (CIP)
(Câmara Brasileira do Livro, SP, Brasil)

Abreu, Andrea
  Pança de burro / Andrea Abreu ; tradução Livia Deorsola.
— 1ª ed. — São Paulo : Companhia das Letras, 2022.

  Título original: Panza de burro.
  ISBN 978-65-5921-221-7

  1. Ficção espanhola I. Título.

22-100411	CDD-863

Índice para catálogo sistemático:
1. Ficção : Literatura espanhola   863

Cibele Maria Dias – Bibliotecária – CRB-8/9427

[2022]
Todos os direitos desta edição reservados à
EDITORA SCHWARCZ S.A.
Rua Bandeira Paulista, 702, cj. 32
04532-002 — São Paulo — SP
Telefone: (11) 3707-3500
www.companhiadasletras.com.br
www.blogdacompanhia.com.br
facebook.com/companhiadasletras
instagram.com/companhiadasletras
twitter.com/cialetras

Para Lucía Díaz López, a irmã que sempre amei

Tão atrevidinha, tão sem medo

Feito um gato. Isora vomitava feito um gato. Hurgh hurgh hurgh, e o vômito se precipitava na privada para ser absorvido pela imensidão do subsolo da ilha. Isso acontecia duas, três, quatro vezes por semana. Ela me dizia sinto muita dor aqui, e apontava para o meio do tronco, bem no estômago, com o seu dedo gordo e moreno, com a sua unha como se tivesse sido mascada por uma cabra, e vomitava como quem escova os dentes. Puxava a descarga, abaixava a tampa e com a manga da blusa, uma blusa quase sempre branca com estampa de melancia com sementes pretas, enxugava os lábios e continuava. Ela sempre continuava.

Antes, nunca fazia isso na minha frente. Me lembro do dia em que vi Isora vomitar pela primeira vez. Era a festa do encerramento do ano na escola e havia muita comida. De manhã, pusemos a comida em cima das mesas da sala de aula, todas grudadas umas nas outras, com bandeirinhas de festinha de aniversário em cima. Havia xitos, fandangos, palitinhos, amendoins doces, charutinhos de chocolate, sanduichinhos de pão de forma, rosquinhas de limão, suspiros, refrigerantes, fanta, clipper, sevenãpe, suquinho de caixinha de abacaxi e de maçã. Fingimos estar bêbadas dentro da sala de aula e íamos, Isora e eu, caindo pra lá e pra cá, agarradas uma no ombro da outra, como dois maridos que tivessem posto chifres nas suas mulheres e agora estavam arrependidos.

A festa acabou e chegamos ao refeitório e lá tinha ainda mais comida. As cozinheiras nos prepararam batatas com costela, pinhão e molho, a comida preferida da Isora. E quando passamos com a nossa bandejinha de metal, com o nosso guardanapinho, o nosso copinho de água (que suspeitávamos ser da torneira, embora na ilha não se pudesse beber) e os nossos talheres e os nossos iogurtes Celgán, as professoras no refeitório nos perguntaram se molho picante ou molho verde e Isora respondeu que molho picante, e eu pensei que atrevidinha, molho picante, e ela não tem medo de que seja apimentado, não tem medo de comer coisas de gente grande, e que eu queria ser como ela, tão atrevidinha, tão sem medo.

Nos sentamos à mesa e começamos a comer na velocidade com que as crianças se jogavam com as tábuas de San Andrés.* Não tinha pneus de borracha no fim da ladeira. Os jorros de molho deslizando pelo nosso queixo, as tranças engorduradas de tanto enfiar os cabelos dentro do prato, os dentes cheios de pedaços de milho e orégano, cacas de pomba branca, como Isora chamava a comida nos dentes. E enquanto engolíamos, eu já sentia uma tristeza como um estampido, uma agonia na boca do estômago, a boca seca como depois de ter comido leite em pó misturado com *gofio*** e açúcar. No verão, a gente não podia sair do bairro, a praia ficava longe. Não éramos como as outras meninas que viviam no centro da cidade, morávamos em meio à mata.

Isora levantou-se da cadeira e me disse shit, vamos até o banheiro.

Eu me levantei e a segui.

Eu teria seguido ela ao banheiro, à boca do vulcão, com ela eu teria subido até ver o fogo adormecido, até sentir o fogo adormecido do vulcão dentro do corpo.

E eu a segui, mas não fomos ao banheiro do refeitório, e sim ao do segundo andar, onde não tinha ninguém, onde diziam que morava uma garota fantasma que comia o cocô das meninas que copiavam a lição de casa.

Fiz xixi e me afastei para que Isora também fizesse.

---

* As tábuas de San Andrés (*Las Tablas de San Andrés*) são uma tradição da ilha de Tenerife (Canárias), celebrada pouco antes do dia de San Andrés, em 30 de novembro. Os participantes costumam se lançar em cima de tábuas de madeira do topo de ruas inclinadas. [Esta e as demais notas são da tradutora.]

** *Gofio* é um tipo de farinha das Canárias, feita de milho, trigo ou cevada torrados e, ocasionalmente, misturados com açúcar.

Ela fez e, depois de erguer a calça, depois de eu ver a sua pererica peluda feito uma samambaia se abrindo no solo da mata, ela se alongou sobre a louça da privada, esticou o dedo indicador e o do meio e enfiou na boca. Eu nunca tinha visto uma coisa assim. Embora na verdade naquela ocasião eu também não tenha visto. Me virei pro espelho. Escutei ela tossindo como um animalzinho miúdo e desnutrido, vi os meus olhos grandes, dois punhos refletidos no vidro. Minha cara assustada, um medo que mordia a minha pele por dentro, a garganta de Isora queimando e eu sem fazer nada.

Escutei o vômito.

Na minha cabeça, imaginei a correntinha de Nossa Senhora da Candelária pendendo do seu pescoço, pendendo sobre a água que depois arrastaria tudo o que ela tinha lançado.

Só um tiquinho

Dona Carmen, a senhora faz sopa maggi, a de pacotinho?, perguntou Isora para a velha. Não, minha filha, por quê? Diz a minha avó que a sopa maggi é sopa de putas. Ah, minha filha, sei lá eu. A sopa que faço eu faço com as galinhas que tenho. Dona Carmen estava meio tantã, mas era boa. Quase todo mundo a menosprezava, porque, como dizia a minha avó, ela fazia coisas que eram o fim da picada. Dona Carmen se esquecia de quase tudo, passava longas horas caminhando e repetindo rezas que ninguém conhecia, tinha um cachorro com os dentes de baixo saltados pra fora, saltados pra fora como os de um camelo. Vira-lata, vira-lata, chispa daqui e que o diabo te carregue, ela dizia. Às vezes pousava a mão na cabeça dele com carinho; outras, gritava fora daqui, cachorro, fora daqui, cão dos infernos. Dona Carmen se esquecia de quase tudo, mas era uma mulher generosa. Gostava que Isora a visitasse. Morava pra baixo da igreja, numa casinha de pedras pintadas de branco com a porta pintada de verde e as telhas velhas e cheias de limo e de lagartos e de lona de sapatos trazidos de Caracas, Venezuela, e de verodes grandes como arvorezinhas. Dona Carmen se esquecia de tudo, menos de descascar as batatas, isso sim ela sabia, descascava em círculos, punha as batatas num canto e com uma faca de cabo de madeira tirava a casca delas como se fosse um enorme colar. Dona Carmen fazia batatas fritas com ovos para lanchar. Isora levava as batatas e os ovos da venda da sua avó e dona Carmen guardava um pouquinho pro lanche de Isora e se eu ia junto, ela também me dava. Ela me dava, mas de mim dona Carmen não gostava tanto quanto gostava da Isora, isso eu já sabia. Isora sabia falar com as pessoas velhas. Eu me limitava a ouvir o que diziam. Vocês querem um tiquinho de café, minhas filhas? Não me deixam beber café, respondi. Eu, sim, um tiquinho, disse Isora. Só um tiquinho. Ela, sempre só um tiquinho. Experimentava tudo. Uma vez comeu comida de cachorro da que havia na venda para saber como era. Ela experimentava tudo e depois, se fosse necessário, vomitava. Eu tinha medo de que os meus pais sentissem na minha boca o cheiro de café e me pusessem de castigo, mas Isora nunca tinha medo. Não tinha medo, embora a avó lhe ameaçasse dar uma surra. Ela pensava que a vida era uma só e que era preciso experimentar um tiquinho sempre que tivesse a chance. E um tiquinho de licor de anis, minha filha? Só um tiquinho. Só um tiquinho. Só um tiquinho, dizia.

Isora bebeu a gotinha de café que restava na xícara da qual dona Carmen estava bebendo e, sem rodeios, esticou o braço para pegar o copinho que a velha tinha servido com Anís del Mono. Isora arrotou, arrotou umas cinco vezes seguidas. E depois bocejou. E nesse momento dona Carmen a segurou pelo queixo e olhou nos olhos dela, aqueles olhos verdes feito uvas verdes. Escavava os seus olhos lacrimosos como quem tira água de uma galeria. A velha ficou assustada: minha filha, você sabe se alguém tem inveja de você? Isora permaneceu imóvel. Por quê, dona Carmen? O que aconteceu? Minha filha, você tem mau-olhado. Vá, pelo amor de Deus, à casa da Eufracia, pra ela te benzer. Conte isso pra sua avó, que ela sabe dessas coisas e que ela te leve pra benzer.

Ao sair pela porta, estava passando a novela das cinco. A essa hora do dia, uma camada enorme de nuvens pousava sobre os telhados das casas do bairro. Não exibiam mais *Pasión de Gavilanes*, agora exibiam *La mujer en el espejo*. A protagonista era a mesma mulher que fez Gimena na *Pasión*, mas Isora e eu não gostávamos muito dela. Era junho, no bairro ainda não tinham posto as bandeirinhas coloridas das festas e ainda demoraria muito para que pusessem. Da janela da entradinha de dona Carmen dava pra ver o mar e o céu. O mar e o céu pareciam a mesma coisa, a mesma massa acinzentada e espessa de sempre. Era junho, mas podia ter sido qualquer outro mês do ano, em qualquer outra parte do mundo. Podia ter sido numa cidadezinha montanhosa do Norte da Inglaterra, um lugar em que quase nunca se visse o céu aberto e azul, azul, um lugar em que o sol fosse na verdade uma recordação distante. Era junho e fazia apenas um dia que as aulas tinham terminado, mas eu já estava sentindo essa exaustão imensa, essa tristeza de nuvens baixas sobre a cabeça. Não parecia verão. O meu pai trabalhava na construção e a minha mãe limpando hotéis. Eles trabalhavam no Sul e às vezes a minha mãe também ia limpar as casas de veraneio dos arredores, a minha casa ficava bem pertinho, em El Paso del Burro. Os meus pais saíam cedo pro Sul e voltavam tarde. Isora e eu ficávamos trancadas num conjunto de casas, pinheiros e ruas íngremes no alto do bairro. Era junho e eu estava sentindo tristeza. E agora, agora também medo.

Quando saímos pela porta da dona Carmen, um verme percorreu a minha garganta. Esse verme preto me dizia que eu já tinha, alguma vez, invejado Isora. Eu gostava da cor dos seus cabelos e dos seus braços. Gostava da sua letra. Ela fazia um g com um rabo gigante, que não permitia que se entendesse o que dizia a linha de baixo. Eu gostava dos seus olhos e de muitas outras coisas. Invejava o seu jeito de falar com as pessoas mais velhas. Ela era capaz de interromper as conversas e dizer não, a Moreiva é filha da Gloria, a da esquina, não da outra Gloria. Invejava os seus peitinhos

14

redondos e macios feito uma jujuba com açucarzinho branco, embora ela mesma não gostasse deles. E porque ela tinha ficado mocinha e porque tinha pelos na perereca. Isora tinha bastante pelo preto, duro e pontudo como o gramado falso das casas de veraneio. Eu invejava ela por causa do seu cartucho de jogos para o gameboi, pirateado por um primo seu de segundo grau que mexia com informática e morava em Santa Cruz. Invejava ela porque o cartucho tinha o jogo do Hamtaro e eu adorava o jogo do Hamtaro.

Isora não tinha mãe. Vivia com a sua tia Chuchi e com a sua avó Chela, a dona da venda do bairro. De ela não ter mãe, disso eu não tinha inveja, pra falar a verdade. De ela não ter mãe e de ser cuidada pela tia e pela avó eu não tinha inveja, pra falar a verdade. Do que eu então tinha medo, na verdade, era de que dissessem a ela que eu lhe joguei mau-olhado. Chela, a avó da Isora, era uma mulher que acreditava muito nessas coisas. Se ficasse sabendo que eu tinha feito isso à neta, ia esmagar a minha cabeça. A avó da Isora era uma mulher gorda e bigoduda. Gorda e bigoduda e briguenta. Seu verdadeiro nome era Graciela, mas todo mundo a chamava de Chela, a da venda. Era muito religiosa, mas muito boca suja. E por ser tão religiosa também a chamavam de Chela, a santa. Chela, a santa, porque todo o tempo livre que tinha, que era bem pouco, ela dedicava a rezar e a falar com o padre e a decorar a igreja com orelhas-de-burro e samambaias que ela cortava do lado de fora da casa, além de véu-de-noiva, véu como penugens brancas caindo do céu. Mas, por outro lado, a avó de Isora adorava explicar a todas as meninas coisas sobre gordura. Ou, antes, sobre magreza. Para ficar magra é preciso comer de um prato pequeno, ela dizia, e para ficar magra é preciso comer menos batata frita, e uma batata frita é como comer duas batatas cozidas, e o que essas cretinas têm que fazer é parar de comer tanta guloseima, e o que vou dar a essa menina é uma surra de cinta pra ela deixar de comer merda, e eu mantenho a menina na dieta porque ela já está ficando enorme, e se eu deixar ela vira uma bola, e dá-lhe comer jujubas e engordar feito um animal, e come-come e depois lá vem a caganeira e ela passa três dias no banheiro feito um tabobo, e come-come e depois ouço ela botando pra fora, a safada põe tudo pra fora e com caganeira, e come e caga e põe pra fora e depois se enche de fortasec como se fossem cápsulas de jujubas, e come e caga e caga e caga e põe pra fora que nem um bicho e quando se esprene que parece que não cabe mais nem mais um fiapo pelo cu ela põe os supositórios pra cagar outra vez. E vai me ficar doente e vai me adoecer de tanto comer, essa menina, essa garota dos infernos.

Isora odiava a avó com todas as forças. No colégio uma vez ela aprendeu que bitch significava puta, e desde então sempre que a avó lhe dizia leva pra dona Carmen os ovos e as batatas, é pra cobrar da mulher, traz duas caixas de músculo pra moça aqui, quatro pães, duzentos gramas de queijo amarelo, duzentocinquenta gramas de queijo de cabra, põe um pedaço de goiabada

16

pra moça aqui, um saco de batatas, sobe uns camarões, cobra do estrangeiro, que você sabe falar inglês, eu só sei falar em bom castelhano, Isora respondia certo, bitch, estou indo, bitch, está bem, bitch, o que quiser, bitch, obrigada, bitch, alguma coisinha mais, bitch? E a avó olhava meio desconfiada, mas Isora dizia que bitch significava avó em inglês.

Na venda também trabalhava Chuchi. Chuchi, a tia da Isora, a segunda filha da Chela. Todo mundo chamava Chuchi de Chuchi, mas ninguém sabia qual era o seu nome de verdade. Chuchi tinha os olhos verdes como Isora, mas com manchas como de café derramadas na parte branca. Como manchas de café no fundo da xícara. Chuchi era alta, magra, pernas compridas, chupada, seca. Não se parecia com Isora, a não ser pelos olhos. Nunca ninguém a tinha visto com namorado e ela não tinha filhos. Chuchi também era muito de estar na igreja, mas o seu sonho não era ser santa, como a mãe, e sim vendedora. Durante um tempo ela vendeu maquiagem para a cara e cremes e sabão para o cabelo e sabão para o corpo para as vizinhas do bairro. Andava com sua roupa de secretária, com um bleiser verde, como os seus olhos verdes, e uma saia verde, como os olhos verdes da Isora, e umas botas marrons com salto quadrado e uma pasta com as revistas da Avon nas quais mostrava os produtos, casa por casa. A mãe dizia às pessoas que a filha estava se estragando, pois estava toda oferecida, o dia todo pelas veredas.

Subimos pela rodovia até passar na frente da venda. Isora não parou para falar com a avó. Aonde vocês estão indo? Não conseguem parar em casa?, gritou Chela no balcão cheio de gente. A única coisa que fazem é ficar bisbilhotando poraí? Isora continuou subindo a ladeira como se nada. Eu a segui e olhei para Chela e Chuchi. Chuchi cortava embutidos com a cabeça baixa, escutando as rezas da Chela, como se tivesse um peso pendurado no pescoço, a presença pesada da mãe feito um falcão pousado nos ossos das costas. Vamos pra casa da Eufracia, pra ela me benzer, essa bitch não vai ficar sabendo, me disse Isora. E de novo o verme preto. Eu sabia bem pouco sobre o mau-olhado. Sabia que nos bebês de colo, que são avermelhados e carecas e feios e sem dentes e com a cabeça cheia de crostas, punham um lacinho vermelho no carrinho porque as mães e as avós tinham medos. Medos, dizia vovó, do mau-olhado. Se as gentes olhavam os bebês de colo por muito tempo nos olhos ou lhes diziam muitas coisas bonitas, que bebê tão bonito, deus o guarde, deus o guarde, quanto tempo tem, que bonito, as mães e as avós ficavam mais duras que a perna de um morto. Quando a vovó via um bebê recém-nascido, a primeira coisa que fazia era fazer-lhe o sinal da cruz e repetir Deus o guarde e o abençoe dos pés à barriga. Dos pés à barriga e daí pra cima nada, pensava eu. Por isso eu achava que o mau-olhado era jogado nessa parte do corpo, na região da pererreca e da bunda e dos pelos das pernas, eu queria que a minha mãe me depilasse e ela não me depilava. Isora e eu fazíamos muitas coisas nessa região do corpo, dos pés até a barriga. Sobretudo na região da perereca. Então talvez o mau-olhado tivesse a ver com isso. Mas fiquei quieta e não disse nada, fiquei quieta e continuamos a andar.

Isora Candelaria González Herrera

Quando chegamos à casa da Eufracia, Isora ficou na frente da porta e me olhou e me disse toca você, e toquei eu, e me afastei e saiu Eufracia com um avental de cozinha todo salpicado de sangue. Minha filha, Carmita já me telefonou. Entrem, que eu estava lacerando o coelho pra fazer um tiquinho pro jantar, sente-se aí, minha filha, disse à Isora, e pôs ela numa cadeira de plástico do quintal, em meio às matas verdes de samambaias, verdes e grandes como as do Monte del Agua. Enquanto Isora se acomodava, eu peguei uma cadeira e me sentei num cantinho, porque não era eu a famosa. Isora era a que tinha mau-olhado, só ela tinha essas coisas, comigo não acontecia nada nunca, a vovó sempre dizia que eu tinha o bucho virado, mas ninguém me levava para me benzer.

Eufracia fez o sinal da cruz e eu não sabia o que fazer e fiz a mesma coisa, mas de levinho, como quem cumprimenta alguém que não cumprimenta e coça as bochechas para disfarçar. Ela fez o sinal da cruz na Isora e começou a dizer que na cruz padeceu e na cruz morreu e na cruz Cristo te benzo eu, e Isora a olhava com os olhos arregalados como uma garoupa, e a mulher mexia a boca e esfregava os dedos enrugados feito troncos de vinha seca, retorcidos, rachados pelos anos de alvejante e terra. E meu senhor Jesus Cristo, pelo mundo estivestes, muitos milagres fizestes, tantas vezes curastes os pobres, a Maria Madalena perdoastes, à santa árvore da cruz, e os olhos da mulher iam ficando mais brancos que uma carta, ela esfregava as mãos mais rápido, mais forte e eu olhava para Isora, eu a olhava e seu rosto estava tranquilo mas atento, com a correntinha de Nossa Senhora da Candelária dentro da boca, alegre por estar sendo curada. E eu pensava ela vai morrer, vai morrer, Lúcifer vai matar ela quando sair pelos olhos da Eufracia. E santa Ana pariu Maria, santa Isabel pariu são João, batizaram-no no rio Jordão, João pergunta ao senhor: eu, senhor, que fui batizado por tuas benditas mãos, e esfregava as mãos e lhe dava uma tremedeira nas pernas e as suas pálpebras vibravam como um cão que sonha estar espantando gatos, assim como essas palavras, os olhos como que corriam dentro das órbitas e choravam, são garantidas, os cabelos ficaram eriçados, e verdadeiras, e começou a engolir saliva, faça por bem remover o fogo, ar, e arrotou, ar ruim, e arrotou, mau-olhado, e arrotou, que tenha na sua cabeça e no seu estômago, e arrotou e cuspiu no chão do quintal, na sua garganta e nos seus olhos, e cuspiu, nas suas costas e nas suas juntas, faça por bem remover e atirar no fundo do mar, e cuspiu no ar e o cuspe alcançou a minha cara, de onde nem a mim nem a outra criatura possa fazer mal, e vomitou um tiquinho de sopa do meio-dia e começou a soltar espuma pela boca, uma espumarada como as que soltam os cachorros que têm raiva, como dizia a vovó, soltava espuma como os cachorros que quando mordiam alguém era preciso sacrificá-los, e Isora a observava, mordendo a correntinha, que sempre lhe dava infecções de garganta de tanto chupe-chupe a correntinha, que a mãe tinha lhe dado quando ela era recém-nascida, que a avó tinha ido trocar a correntinha de ouro na cidade mais de cem vezes, porque o pescoço da Isora crescia e crescia e a correntinha encolhia encolhia e a avó lhe dizia que se a deixasse curta Isora ia sufocar, mas Isora gostava dela apertada contra a garganta porque assim era mais sekssi. Isora usava a correntinha de Nossa Senhora da Candelária porque era a santa que ela mais amava, como quem tinha um pokémon favorito ou uma boneca bratz favorita, e usava o colar com um charmander pequenininho pendurado no pescoço, a única coisa é que a correntinha era ainda mais importante que um pokémon para mim porque quem deu foi a mãe que ela tanto amava porque quase não tinha estado com ela, a que tanto adorava porque não teve a oportunidade de esmagar a sua cabeça como tivera a avó, e sobretudo porque o seu nome também era o de La Morenita,* porque ela se chamava Isora Candelaria, Isora Candelaria González Herrera.

E então Isora disse Eufracia, Eufracia está se afogando! E a mulher levantou o rosto, com a boca toda babada como uma lesma aplastada no chão do quintal, com a cara toda cheia de fios de baba de lesma e disse e se isso não bastar, que lhe baste a graça de Deus, que é grande,

Amém!

Jesus!

E Eufracia começou a rezar o credo. E eu também comecei a rezar. E fiquei nervosa porque ninguém nunca tinha me ensinado a rezar. Então eu apenas mexia a boca, bisebisebisebisé, até que Isora me disse estou curada, minha bestie, shit, vamos pra venda.

Saímos pela porta da casa da Eufracia e lá fora estava Gaspacho limpando o pipi. Ao nos ver, latiu agugugú, um latido como quando queríamos gritar debaixo d'água. Caminhamos e o cachorro nos seguiu até ao menos a metade da rodovia, lá pela casa da Melva, bem onde ficava o tanque em que tinham aprendido a nadar a minha mãe e o meu tio e a mãe da Isora e a tia da Isora, que a minha mãe dizia que o vovô a amarrava com uma corda pela cintura e a jogava e você aprendia a na-

---

* La Morenita é como se chama popularmente Nossa Senhora da Candelária, padroeira das Ilhas Canárias.

dar por necessidade, que é como melhor se aprende a fazer as coisas, mas o vovô tinha ido embora para viver com outra mulher e já não se falava mais nele, nem do tanque nem de aprender a nadar e por isso ninguém nos ensinava. E o cachorro continuava andando e a gente dizia Gaspa, vai lá pra cima, sssht, e Eulalia saiu de casa e lhe disse fooora, Gaspachodesgraçado, vai pra casa do caralho! E o cachorro se deitou no meio da rodovia e ali ficou e a gente continuou descendo.

Como trufas debaixo das agulhas

Azul-marinho, rosado, amarelo, mais amarelo, amarelo-queimado, amarelo-ovo-frito, vermelho. Assim eram as casas do bairro, de muitas cores, como pecinhas de ludo. De todas as cores, e começadas pela metade, terminadas pela metade, mas nenhuma completa, eram casas como monstros incompletos. Quase todas com alguma parte sem caiar, com os tijolos sem acabamento, tijolos com limo e umidade. Quase todas construídas por seus próprios moradores. Pedra por pedra, tijolo por tijolo. Quase todas ilegais. Quase todas distribuídas por famílias: Os Quemados, Os Puños, Os Güeveros, Os Casianos, Os Caballos, Os Chinos, Os Fajineros, Os Negros. Feito passarinhos que fabricam os ninhos uns próximos aos outros, uns em cima dos outros, para se proteger.

E tudo em ladeiras. Um bairro vertical sobre uma mata vertical coberta de nuvens baixas, tudo fendido por uma caverna horizontal muito extensa, que ia do cume e descia até o mar, como o manto de Nossa Senhora da Candelária, a mais bonita, a mais morena. Tão vertical, que às vezes parecia que as beemedablios metalizadas iam cair pra trás com a música a todo vapor. E nelas sairiam asas e nos levariam voando à praia San Marcos. Mas não acontecia, isso não acontecia nunca. E punham o freio de mão e engatavam a primeira e começavam a cantar pneu e subiam ladeira acima e faziam o sinal da cruz. Sempre faziam isso quando passavam na frente da igreja de Nossa Senhora do Rosário.

Eram de dois tipos, as casas do bairro, e estavam todas misturadas. Umas eram velhas, como a da dona Carmen ou a da vovó. Eram de pedra e tinham um pátio no centro em torno do qual se dividiam os quartos. Um pátio coberto com placas de uralita, que a vovó chamava de duralita, e que naquele momento começaram a dizer que dava câncer. Um pátio pelo qual entrava uma luz muito forte, uma luz armazenada por milhares de anos, que arrebatava os canários de dentro das gaiolas, que começavam a cantar com o raiar do dia, pipipipipipipipipipipi, descontrolados, e paravam com a noite. E as samambaias e as primaveras, que entravam pelo buraquinho que ficava entre a porta da entrada e o telhado de duralita, também se arrebatavam. Quando a luz iluminava as matas, as plantas começavam a crescer tão rápido que parecia que caminhavam pelos muros, que dançavam sobre os muros.

E em seguida as outras casas, as mais modernas. Que eram das pessoas mais jovens, das pessoas que trabalhavam no Sul, na construção e limpando hotéis, que tinham beemedablios azul metalizado, vermelho metalizado, com as saias esticadas até o chão, que subiam pelo bairro e deixavam metade da carroceria pelo caminho de tão baixas que eram e punham "Pobre diabla" a todo volume, "Agüita" e "Mentirosa" e "Una ráfaga de amor" a todo volume e "Felina" mil vezes a todo volume. Essas, as novas, eram casas que tinham dois andares e muitas janelas e balaústres e um portão no térreo, sobretudo um portão, muito grande, grande demais, ainda maior, no qual poderia caber um caminhão do tamanho de um pinheiro carregado de agulhas, repleto de bananas e tomates e presentes, como beibiborns e barbis enfermeiras. E essas eram as mais coloridas, as rosadas, amarelas, mais amarelas, amarelas-ovo-frito. De estilo venezuelano, diziam. As casas da Venezuela, minha nossa.

As casas da ponta de cima começavam a nascer do chão como trufas debaixo das agulhas quando a chuva deixava a terra úmida. Começavam a nascer da terra as primeiras casas do bairro junto aos pinheiros das saias do vulcão, o vulcão, como o chamava a vovó, e dizia as saias, como se o vulcão fosse a Shakira. As primeiras casas do bairro, começando de cima, tinham os telhados e os beirais repletos de pinhão dos pinheiros e muitas vezes parecia que em vez de casas feitas por pessoas eram casas de bruxas e duendes. O resto do bairro, o que não eram casas, era tudo verde-escuro, da cor da mata. Nos dias em que o céu estava limpo dava para ver o vulcão. Acontecia muito de vez em quando, mas todo mundo sabia que por trás das nuvens vivia um gigante de 3718 metros que podia nos tacar fogo, se quisesse.

A minha casa era um amontoado de muitas casas construídas sobre a casa da minha bisavó Edita, a única legal, a única que tinha número. Como a minha casa era feita de muitas casas, tínhamos que nos organizar pra ligar a tevê e cozinhar. Quando acendíamos dois fornos ao mesmo tempo, a luz tremelicava. Quando o meu pai e a minha mãe e a vovó e o irmão da vovó, o tio Ovidio, e eu, que eram todas as pessoas que viviam nessa casa, ligávamos todas as tevês ao mesmo tempo, eu ficava achando que a casa ia explodir e sair voando pelos ares.

Embaixo da nossa casa ficava a da Juanita Banana e mais abaixo a Caverna do Vento e mais abaixo a de uma alemã que me presenteava com cordas de pular e mais abaixo a de um homem que se chamava Gracián e que tinha as sobrancelhas tão grossas que parecia que ele tinha duas taturanas grudadas na cara com fita adesiva e mais abaixo a de uma menina amiga nossa que se chamava Saray, que era dois anos mais velha que a gente e dava uma de famosa porque os pais tinham um bar, e mais abaixo a casa da Eulalia, onde se reuniam as mulheres do bairro para descascar batatas e falar coisas do tipo como estava gorda a Zuleyma, a namorada do Antonio, e o que tinha acontecido em *El diario de Patricia* no dia anterior, e mais abaixo ficava a casa onde antes morava uma garota que foi para a universidade de La Laguna e que quando voltava aos fins de semana dizia tipo amigos tipo brejas tipo minha prima tipo calcinha e a minha mãe dizia será que a universidade fazia com que as pessoas ficassem bobas. E mais abaixo a casa da Eufracia, e mais abaixo a de um primo da vovó que tinha muitas vinhas e muitos pés de laranja e que diziam que tinha duas mulheres, uma delas escrava e a outra esposa, porque vivia com a mulher e a cunhada, e a mulher andava sempre nos trinques e a cunhada limpava a casa e cuidava do terreno, e mais abaixo a casa da Melva e mais abaixo a casa dos homossekssuais e mais abaixo a casa da Conchi e bem abaixo a venda da Isora e bem em frente o centro cultural e mais abaixo o bar e mais abaixo a igreja e mais abaixo a casa da dona Carmen e já mais abaixo eu não sabia, porque para mim a casa da dona Carmen era como o limite do mundo.

Aí vem chuva

Na noite de São João a vovó fez uma fogueira gigante. Ela a fez em meio à roça e tinha vários metros de altura. Na noite de São João não se podia respirar, porque todo mundo queimava a grama seca que havia acumulado durante o ano. À manta de nuvens que normalmente pairava sobre o bairro se somava a fumaceira e então tudo ficava feito uma massa branca e pesada que grudava na pele. Do céu choviam papéis e pedaços de pneus dos carros. Estavam a vovó, o tio Ovidio, o meu pai e a minha mãe. Da varanda da vovó dava pra ver o bairro todo cheio de pontinhos de fogo. As andorinhas passaram a tarde inteira voando exaltadas, cantando, enquanto a vovó e o papai jogavam os escombros que tinham sobrado de construir coisas durante o ano e toda a grama que arrancaram. Aí vem chuva, o tio Ovidio dizia o tempo todo observando as andorinhas voando descontroladas, aí vem chuva.

A fogueira que fizeram tinha um boneco no centro com os olhos pintados com uma caneta marca-texto e um gorro da serralheria Los Dos Caminos. Papai pegou um cabo velho de vassoura e pôs nele uma roupa que antes era do vovô: uma camisa de listras azuis e brancas com um bolso grande, que para ele estava apertada e que lembro que deixava a sua barriga de fora, redonda e grande como uma pedra imensa, e umas calças de pregas pretas que também eram do vovô. Quando vi a roupa que tinham escolhido me bateu medo, me bateu medo de que um dia o vovô largasse a alemã e voltasse pra casa da vovó e procurasse por essa roupa.

E quando o corpo do boneco virou pura cinza, as primeiras gotas começaram a cair. A chuva de verão me dava muita agonia. Primeiro foi o sereno, e depois as ribanceiras de água descendo pela rodovia, as poças dentro das fendas. A vovó estava com as batatas no fogo. Saímos correndo da roça quando a água já tinha apagado as últimas chaminhas. Enquanto eu corria, senti que, embora Isora e eu tivéssemos prometido que íamos fazer o possível para conseguir que nos levassem à praia, isso não ia acontecer. Naquele verão todo mundo estava trabalhando muito. O meu pai dizia que as pessoas estavam montadas no dólar e que por isso ele ia pro Sul inclusive aos domingos. Entramos na casa da vovó. Havia pinhão assado e molho de coentro. Comemos as batatas *chineguas** que tinham sido colhidas no começo de junho, quando eu ainda estava no colégio. Não tive que colher porque no domingo da colheita eu tinha que fazer um trabalho com Isora numa cartolina. Eu detestava colher batatas. Tinha que levantar cedo, pôr tênis velho e roupa velha. Passávamos a manhã inteira agachadas, a vovó e eu e a minha mãe, quando ela não estava limpando as casas de veraneio, colhendo as batatas atrás do meu pai e dos meus tios, que iam cavando. A vovó e eu tínhamos que escolher à medida que avançávamos e púnhamos as batatas em baldes de acordo com o tamanho. Papai sempre dizia que eu não tinha sangue nas veias, que eu não tinha sangue nas veias porque era mais lerda que uma repartição pública. Com as batatas, me doíam muito as costas e a meleca do meu nariz ficava preta, parecia piche. A única coisa que fazia eu me sentir bem era secá-la e dar forma de círculo com os dedos, ficar sozinha com a minha meleca preta, longe das batatas e dos baldes.

Quando acabamos de comer, fui até o móvel da cozinha da vovó e peguei o tablete de chocolate La Candelaria. Parti um pedaço com os dedos e comecei a raspar os dentes no chocolate como um ratinho entristecido. Pensei na Isora, se ela também estaria comendo pinhão assado com a avó e a tia, se estaria pensando na

---

* As batatas *chineguas* chegaram às Canárias vindas da Inglaterra durante o reinado de Eduardo VI — daí o nome, em inglês, ser "King Edward", que se modificou até chegar a "chinegua".

praia com tanta agonia como eu estava pensando. Me aproximei do quarto de tevê e peguei o telefone. Marquei o número da Chela. Shit, o que você anda fazendo?, disse Isora. Estou entediada porque a fogueira já acabou. Amanhã vou cedo pra sua casa?, perguntei. Combinado, shit. Traz o biquíni, que quem sabe alguém leva a gente pra praia.

Me deitei cedo para ficar pensando na praia. A última vez que fui era porque o meu pai queria ir pescar e a minha mãe e eu acompanhamos ele. Fomos à Punta de Teno, era Semana Santa e ventava muito, mas entrei na água mesmo assim. A minha mãe se pôs em cima de um rochedo para me vigiar porque, como dizia a vovó, o mar é o demônio e a menina não se defende nadando, ela me vigiava enquanto comia semente de girassol e via revistas de decoração de casas de estilo rústico e revistas de ponto-cruz. A maré estava alta. Bem na beirinha, eu enfiava a cabeça no fundo, pegava punhados de pedrinhas e tentava retirá-los da água. Quando os retirava para a superfície, já quase não sobrava nada nas mãos. Numa das vezes, de dentro do punho saiu um caramujo vazio que parecia uma lua gasta brilhando.

Creminho, creminho
no pescoço

Passamos a manhã inteira perguntando às pessoas se alguém nos levaria a San Marcos, mas ninguém podia. Parecia que as velhas eram as únicas que queriam nos acompanhar porque sempre queriam ficar perto da Isora, mas elas não tinham carro nem sabiam dirigir e o fato era que não iam nos acompanhar andando pela rodovia porque eram quase três horas de caminhada e a calçada era muito estreita, os carros passavam muito rente. Pensamos em ir sozinhas. Isora pegou as coisas e pôs dentro de uma mochila: a toalha, o creme, os biquínis e uns sanduíches de linguiça *revilla* e queijo. Do balcão, Chela escutou nossa algazarra na parte de baixo da venda porque Isora estava procurando os tênis velhos e veio correndo pra baixo. Pra onde diabos vocês vão, se é que se pode saber. Pra praia, bitch, disse Isora.

E Chela tirou o chinelo e o levantou pra lançá-lo na cabeça dela gritando pra praia eu é que vou te mandar voando, desgraçaaaaada! Eu me segurei numa das prateleiras em que estavam os sucos lybis cheios de pó e teias de aranha. Isora se escondeu correndo atrás das geladeiras dos congelados e começou a repetir bem baixinho fãquin bitch, fãquin bitch, tomara que morra. Cheee, o homem dos doces está aqui esperandooooo, garotaaa!, gritou uma voz de velha lá da porta da venda. Chela saiu feito um furacão pra cima com o chinelo ainda na mão. Iso, a sua avó já subiu, vambora, eu disse desgrudando as costas da prateleira. Repeti outra vez e esperei, mas ela continuava sem sair de trás das geladeiras. Sentei em cima de uma caixa de plástico num canto do cômodo e esperei de novo. De repente pareceu que ela tinha caído no sono, ou que estava esfregando alguma coisa porque respirava forte, mas não me atrevi a olhar, me deu um medinho não sei por quê. Uma horinha depois ela saiu se arrastando de trás das geladeiras, se arrastando como uma lagarta envenenada, e me disse shit, vem comigo até o banheiro, que estou me cagando toda. E vi seus olhos vermelhos, os olhos vermelhos de ter chorado.

Almoçamos na casa da vovó. Comemos asinhas de frango fritas, batatas cozidas e molho picante. O molho da vovó era aguado, porque ela punha água da cisterna. Quando ela era pequena havia escassez de óleo, mas continuou usando água por costume. Também comemos *gofio* amassado. A vovó punha ele dentro de um prato fundo e nós íamos pegando e fazendo bolas e passávamos no molho aguado. Ela deixava a gente comer tudo com as mãos, dizia que com as mãos era mais gostoso. Chela, quando nos via fazendo isso, gritava que éramos umas porcas, que como a minha avó podia nos deixar fazer aquela imundice. E eu notava como ela dizia "a sua avó" com ressentimento. Ela sabia que a vovó nos tratava a pão de ló. Quando acabamos de almoçar, Isora disse que tinha pensado que podíamos fazer de conta que o canal era a praia de San Marcos.

Ao sair da casa da vovó, pegamos uns chapéus do tio Ovidio de trabalhar na roça e fomos buscar Juanita Banana para que fosse conosco à praia inventada do canal, para fazer palhaçadas. Juanita Banana era um menino que morava ao lado da minha casa e se punha a chorar quando o chamavam pelo apelido. Isora gritou o nome dele e Juanita Banana saiu à varanda com um sanduíche de carne e ovo na mão. Juanito, vem com a gente, que vamos fingir que o canal é uma praia e que criticamos a celulite das mulheres. Não posso, ele respondeu, a minha mãe me mandou arrancar capim. Quase nunca Juanita podia ir brincar, porque tinha que arrancar capim ou dar de comer aos animais ou podar a vinha ou limpar os pátios ou lavar os carros ou a minimoto do irmão. Seu pai queria que ele trabalhasse. Juanita não gostava de estudar e o pai dizia que ia mandá-lo plantar tomates se não estudasse e eu às vezes achava que aquilo não era só uma ameaça e que de verdade o pai queria que ele fosse plantar tomates desde pequeno. Eu imaginava ele já velho, com a cabeça calva no centro, com a cabeça feito uma roça queimada. E com a barba, a barba com alguns pelos brancos. Ele velho com os tomates nas mãos e os outros homens o chamando de Juanita Banana isso, Juanita Banana aquilo, e ele triste, triste e se lembrando de quando era criança e brincava com a gente de barbi e de ken e com a barbi dizia: olámeninassouchaxiraxiesoulinda.*

O canal ficava um pouco mais para baixo da venda, bem na parte de trás do centro cultural. No centro cultural os garotos que já estavam no segundo grau fumavam baseado, os kinkis,** assim chamávamos eles. Eu tinha muita vergonha de passar na frente deles porque não sabia como me comportar. Isora conhecia todos os nomes dos garotos do centro cultural e dizia como numa canção: yeray jairo eloy ancor iván acaymo. E cumprimentava eles e para ela não tinha nenhum problema vê-los, ela era famosa, tinha uma venda, e se eles não cumprimentassem de volta podia ser que a avó não lhes vendesse mais o cachorro-quente e a coca-cola das cinco da tarde, que era quando os garotos se juntavam depois da aula para fumar baseado e comer sanduíches e falar pelo méssinger quando tinha

* Chaxiraxi é um dos nomes dados pela etnia *guanche*, que viveu nas Ilhas Canárias até os séculos XVI ou XVII, a uma de suas divindades. Tempos depois, com a influência de missionários cristãos, essa divindade foi sincreticamente identificada com Nossa Senhora da Candelária.
** Espécie de trombadinha, que comete pequenos delitos.

lugar nos computadores do centro cultural, pois fazia pouco tempo que tinham instalado.

E de longe a entrada do centro cultural já cheirava a maconha. Naquela época a polícia vinha com bastante frequência porque diziam que no bairro rolava muita droga. Juanita Banana nos contou uma vez que o seu irmão disse que no bar do Antonio os homens usavam droga e eu na verdade não entendia direito o que era droga nem pra que servia, mas quando Isora e Juanita falavam sobre isso eu dizia sim, cara, é verdade, tem droga em todo canto.

Isora conhecia uma parte do canal onde algumas das lajes de cimento que o cobriam estavam quebradas e assim dava pra ver a água que corria carregada de agulhas e pinhões dos pinheiros e pedras que vinham da mata. Nosso corpo cabia dentro desses bueiros secretos. Seguimos o percurso do canal andando por cima. Era um caminho bastante estreito, se pendêssemos pra um lado podíamos nos espatifar feito coelhos. Quando a gente chegou às lajes levantadas, vimos a cidade toda, todinha. Vimos Redondo, o bairro à esquerda, e outros bairros ao redor que não sabíamos bem nem como se chamavam. Cobertos de nuvens, de garoazinha, de tristeza cinza-escuro. E vimos o centro da cidade e os bairros baixos, os bairros sortudos, iluminados por uma luz amarela, brilhante, e lá no fundo, bem em frente ao mar, a praia de San Marcos. Nossa, disse Isora, e as suas sobrancelhas se ergueram até quase tocar a nascente dos cabelos, cê imagina ter nascido na praia?

Tiramos as toalhas das mochilas e pusemos dobradas nas bordas dos vãos do canal. Isora e eu ainda não estávamos vestidas com a parte de cima do biquíni, porque a minha mãe e a Chela não deixavam. Além do mais, Isora dizia que as que punham a parte de cima eram umas putas e iam ficar grávidas primeiro e eu concordava. Mas a verdade era que nenhuma de nós duas se aguentava mais de vontade de pôr a parte de cima de uma vez e parar de passar vergonha por ter os mamilos gordos. Naquele dia, como ninguém estava vendo, decidimos pôr a parte de cima pela primeira vez. Isora tinha duas partes de cima que ela tinha ganhado de presente de aniversário da família de Santa Cruz e me emprestou uma.

Isora tirou os tênis e enfiou os pés dentro d'água. Depois fui eu. Estava fria, mais fria que a que corria pela fossa da vovó de madrugada. Enquanto a gente molhava os pés, eu não parava de olhar o mar. Fecha os olhos, shit, imagina que estamos na praia de San Marcos, shit, disse Isora. E me vi andando pela beirinha da areia. Como os galhos e as agulhas que desciam pelo canal batiam nos meus tornozelos, eu imaginava serem as pedras do mar, que se lançavam contra o meu corpo deixando as minhas canelas todas arruinadas. Sem abrir os olhos, Isora começou a brincadeira: cara, você sabe quem é aquela mulher loira que está entrando na água? Sim, é a María, não é? Sim, a María-da-galera, dizem que ela tem dois namorados ao mesmo tempo. E não tem marido?, perguntei apertando as pálpebras.

Sim, a Moreiva, a da esquina, me contou que ela é uma puta velha e que anda o dia todo procurando macho nos bares e que é uma bêbada. Abri o canto do olho e vi Isora sentada no canal, com os pés dentro d'água, movendo-os em círculos. Estava coçando os cantos da perereca, porque sempre lhe ardiam, de tanto raspar. Ela coçava e seguia falando: e dona Carmen comprou um colchão pra María porque ela nem se preocupa em não deixar os filhos dormirem no chão. Reparei nas coxas da Isora, que tinham uma penugem suave e longa como a de um bicho de pelúcia e muitas pintas. Eram brilhantes, quase douradas. Eulalia diz que viram ela atrás da praça San Marcos se esfregando com um homem da praia, no dia do Baile dos Magos, ela prosseguia. Deslizei os meus olhos da ponta dos seus dedos dos pés, gordos e com as unhas cortadas rente, cravadas na carne, até chegar à sua perereca, e voltei a fechá-los. Enquanto ela me contava coisas da María-da-galera, me veio uma imagem nítida, tão real, de nós duas, já mais velhas, sentadas na praia de San Marcos, tomando sol com as pernas depiladas e sem bigode. Eu passava protetor solar nas coxas de Isora, acariciava a superfície das suas coxas, e ela se esticava como se fosse um gato, e as pintas absorviam todo o creme e então eu voltava a apertar o pote amarelo de protetor 30 sobre a palma da mão direita e de novo punha creme nas suas coxas e sentia nos dedos os pelos encravados das suas pernas, sentia os pelos das suas coxas saindo feito canos que começavam a nascer de novo, e eu de novo preenchia todos os buracos da pele com creme e ela ria e a sua pinta do queixo brilhava e mais uma vez eu lhe punha creminho, creminho pelo pescoço, creminho entre os dedos dos pés, creminho nos mamilos e atrás das orelhas, nos cílios, porque os cílios de Isora eram longos feito minhocas, longos e fininhos e com o sol ficavam louros, quase transparentes.

Voltamos do canal andando bem devagar. Isora sentia dor nas unhas dos pés e tirou os tênis. Ela me dizia nossa, shit, você não devia ter cortado tão rente, e pisava o asfalto com cuidado, para que as pedrinhas não espetassem, para não se cortar com os cacos de vidro das garrafas dos bêbados. Colhemos algumas nêsperas e fomos comendo. Estavam quentes, mas Isora disse que ainda melhor, que assim lhe davam caganeira e aí ela jogava pra fora toda a comida que lhe sobrava. Enquanto eu chupava dos dedos de uma mão a aguinha pegajosa das nêsperas, peguei Isora com a outra. Teria sido como lhe dar a mão e seguir andando, mas só consegui pegar o seu braço. Repeti a mim mesma que nós não éramos como aquelas amigas que se tocavam e se diziam te amo. A mão posta sobre o braço da Isora me queimava. Continuamos avançando e já na altura do centro cultural eu a tinha soltado. Os garotos ainda não estavam fumando baseado, não tinha ninguém na rodovia. Estava escuro, o céu era uma caverna. Isora continuou andando por trás de uma fila de carros estacionados, os carros dos homens que estavam enchendo a cara de vinho no bar do Antonio. Eu segui ela. Quando a alcancei, ela me pegou pelo braço, com força, como se estivesse tentando não cair por um barranco. No espelho retrovisor de um carro branco, vi os nossos corpos unidos, a palma da sua mão e a pele do meu braço juntas. Foi muito rápido. Quando a cabeça da Chela apareceu no balcão, Isora já tinha me soltado.

Uma beemedablio metálica cantando pneu

Na venda, Chela estava gritando que era temente a Deus. Aquelas putas já cagaram outra vez do lado de fora da venda, dizia ela, cagaram outra vez, aquelas putas desgraçadas. Chela dizia que quando lhes dava na telha, as bruxas da mata cagavam em tudo que pareciam tabobos de tanta sujeira. Ela falava das bruxas da mata como se as conhecesse a vida toda. Às vezes as velhas do bairro contavam que quando eram crianças e iam buscar agulhas na mata, encontravam elas dançando nuas e com os cabelos compridos, se esfregando nos pinheiros. Assim que me viu, Isora disse shit, tenho que recolher a merda de bruxa com uma pá, me ajuda, porque eu sempre te ajudo, e depois brincamos de barbi. Nem tive tempo de dizer que sim e Isora já me entregou uma sacola de plástico das da venda para que eu me encarregasse de ir recolhendo a enorme bosta que havia na entrada da parte de trás da venda, e até o tapetinho mastigado em que o Simpson se deitava estava todo cheio de merda. Simpson era o cachorro da Chela, chamava-se Simpson, como o Romer, o dos Simpsons, e era caolho porque uma vez saiu para andar pelo bairro e uma beemedablio metálica que ia cantando pneus o atropelou e ele chegou à venda com o olho pra fora e Chela gritou ai minha mãe já me desgraçaram o meu cachorrinho. E disse cachorrinho como quem sente coisas bonitas pelos cachorros, mas a verdade é que se havia algo em comum entre as velhas do meu bairro era que não gostavam de cachorros nem um tiquinho, tinham nojo, tratavam eles como gostariam de tratar os maridos, que passavam o dia no bar do Antonio bebendo vinho e jogando baralho.

Comecei a limpar, porque Isora mesmo não fez nada nadinha. Peguei uma mangueira que havia no pátio da Chela e joguei um tiquinho de ajax e comecei a mandar pressão. Shit, a bitch diz que foram as bruxas, mas eu acho que foi mesmo a puta da Saray, me disse ela enquanto eu torcia o tapete e o Simpson latia pra mim porque eu estava mexendo no que era seu. Saray era a menina que morava do lado da minha casa e que era dois anos mais velha que nós. Às vezes a gente ia brincar com ela, mas Isora não gostava muito, porque pensava que ela era meio burra, um pouco repugnante. Isora enrolou a mangueira e eu sequei as mãos na camiseta. Tagarelamos e recolhemos tanta merda da rodovia que acabou ficando tarde. Quando já tínhamos tudo enfiadinho nas sacolas de plástico brancas procuramos uns arbustos numa mata fechada de amoras selvagens pra jogar os cocôs. O dia estava quase escurecendo por completo. Já sentíamos o cheiro das damas-da-noite, que nos dizia que estava ficando tarde e que tínhamos que nos separar até o dia seguinte. Nesse momento, quando o manto de nuvens se abria em fendas bem finas, a última luz do dia começava a atravessar o céu e já tudo ficava de uma cor dourada brilhante. Me vinha uma agonia muito forte dentro do peito, como se me faltasse o ar. Eu nunca sabia dizer adeus a Isora. Eu a olhava como quem se prepara para dizer adeus por muitos anos.

Mas Isora me acompanhava até a minha casa. Ela sempre me acompanhava.

E eu acompanhava ela.

E ela me acompanhava.

Assim, como os pacs de iogurtes da venda, como ela disse uma vez. Como ela disse falando de nós duas pensando que eu não tinha ouvido, mas eu ouvi. Como os pacs de iogurtes que sempre vão grudados.

E por isso sempre, depois de passar o dia todo brincando de barbi e fingindo que as barbis eram personagens das novelas e os kens eram Juan, Franco e Gato e as barbis eram Gimena, Sarita e Norma e os kens eram rústicos e morenos e as barbis eram magras, muito magras, mais magras, e dançavam bem e beijavam bem e se jogavam em cima dos kens e os kens se jogavam em cima delas e piquipiquipiqui, andávamos com esses corpinhos de plástico um contra o outro e dizíamos que estavam se amando como se amavam Gimena e Óscar, Norma e Juan, Franco e Sarita, Franco e Rosario, Franco e Rosario e Franco e Rosario, e Rosario era a mais puta mas a que dançava melhor e por isso sempre brigávamos para ser Rosario e para ser Gimena ou, por fim, para ser Norma, mas nunca ser Sarita, porque achávamos a Sarita a mais chata, a mais desajeitada, ela era como a Docinho das Meninas Superpoderosas e nos dava enjoo. E por isso sempre, depois de brincar de barbi e de fazer com que Juan brigasse com os outros bonecos e desse sopapos em Franco por andar se engraçando com Rosario e desse sopapos nos gatos da vovó e nas paredes de tijolos com limo da parte de trás da casa da vovó e sopapos para o ar e sopapos sopapos, sopapos de apaixonado, Isora me acompanhava, ela sempre me acompanhava. Vinha comigo até a porta da minha casa e os galos e os cachorros e os pássaros e até os coelhos que não conseguem fazer barulho nenhum (talvez muacumuacumuacu) chiavam porque sentiam que estávamos nos aproximando da porta. Então Isora se afastava um pouco e me dizia até amanhã, shit, até amanhã. E me chamar de shit era por carinho, mas um carinho tímido, pequeno, silencioso. Até amanhã, shit, até amanhã, e ia andando pela ladeira e seu coque empinado começava a fazer movimentos pendulares, esquerda-direita, esquerda-direita, esquerda-esquerda, direita-esquerda, e lá pela metade do caminho, quando começava a desaparecer da minha vista e só dava pra ver os seus cabelos balançando sem um corpo, ela se virava pra mim e gritava cara, me acompanhe, por favor, que eu sempre te acompanho. E então, juntas, desfazíamos todo o caminho que tínhamos desenhado em zigue-zague, esquerda-direita, esquerda-direita, esquerda-esquerda, direita-esquerda, porque Isora dizia que se você ia de um lado pro outro se cansava menos, e começávamos a falar da vez que mijamos uma em cima da outra pra saber o que se sentia, e mijamos dentro de uma plantação de batatas de um vizinho da vovó, que tinha muita coisa plantada, e nos arrastamos pela terra mijadas e já sem nos darmos conta de que estávamos, Isora e eu, na altura da casa dos homossekssuais e já faltava pouco para chegar à venda e então Isora me perguntou se eu me lembrava da vez em que no colégio jogamos suco de maçã na cabeça de uma menina com quem não íamos com a cara e nos pegaram. A luz dourada brilhante não atravessava mais as frestinhas de nuvens, olhei o céu e já era quase de noite. Perguntei a Isora se ela se lembrava da vez em que no colégio estávamos brincando de ter cachorros e ela tinha um cachorro que era o Josito, o menino lá de Redondo, que era o Josito de quatro com uma corda amarrada ao pescoço e ele levantava a pata e fingia que mijava nas paredes do colégio, as paredes pintadas com desenhos das Ilhas Canárias e com pessoinhas pequenininhas vestidas com roupas de feiticeiro e de feiticeira e cachos de banana e carroças com bois das romarias e batatas e morteiros de quando celebramos o dia nacional das Canárias e então Isora gritava quieto porra de cachorro, santa porra de cachorro, quieto, e eu ria e ria porque eu adorava quando Isora dizia porra, meus ouvidos se enchiam de mel quando Isora dizia

porra

santa porra de cachorro

a porra do fedor de cachorro podre

a porra da sua mãe a porra do Simpson

a porra da puta velha

a porra do cretino

a porra do destrambelhado

a porra do retardado

a porra do cocozinho

a porra da fãquin bitch

mais puta que as porras das galinhas

E sem nos dar conta já íamos na direção da casa da Melva, a amancebada, como dizia a avó da Isora, porque não era casada mas tinha se juntado com um escocês. Faltavam apenas alguns metros para chegar à porta da venda. E continuamos andando e nos lembrando da vez que fomos à missa e nos sentamos no banco da frente e Isora começou a imitar os movimentos do padre e eu caí na risada, caí na risada com tanta força que o padre parou a missa para me dizer que eu saísse e que ficasse de pé diante da porta da igreja e todas as velhas do bairro me olharam feio e então quando recordamos isso eu lembrei que quando estava presa na frente da porta da igreja e todas as velhas me olhavam me bateu um medo porque eu sabia que ninguém gostava mais de mim, que elas gostavam mais da Isora e que agora iam gostar ainda menos de mim, mas não disse nada.

E continuamos andando.

E chegamos à venda.

E repetimos.

Até amanhã, shit, ela me disse, até amanhã. Subi a ladeira e pela metade do caminho fiquei triste e olhei para o céu e já tinha anoitecido de verdade e as rãzinhas do tanque em que ninguém nadava mais começaram a cantar e parecia tipo uma canção antiga, uma canção que vinha de séculos atrás, de quando Isora e eu ainda não éramos amigas mas estávamos predestinadas a ser, porque se tinha uma coisa que eu sabia era que Isora e eu fomos feitas como foram feitas as coisas que nascem para viver e morrer juntas e eu me virei e disse shit, me acompanhe mesmo que seja só até a casa dos homossekssuais, me acompanhe, cara, que eu sempre te acompanho.

Os gringos eram uns fedorentos

Eu gostava e não gostava das casas de veraneio, quero dizer: eu gostava porque eram bonitas mas não gostava porque entre elas e eu havia como que uma parede enorme de plástico transparente de cozinha, plástico-filme, que não me deixava participar das melhores coisas das casas de veraneio. As casas de veraneio ficavam na rua ao lado da minha rua, em El Paso del Burro. As casas de veraneio tinham culpa de que, nos dias em que a minha mãe não tinha que ir ao Sul para limpar hotéis, ela tivesse que limpar as casas de veraneio e a gente ficava sem poder ir à praia e por isso também eu não gostava das casas de veraneio. Se eu queria estar com a minha mãe, tinha que ir com ela limpar as casas de veraneio, mas eu achava chato limpar as casas de veraneio. Ela às vezes me dizia fique aqui quietinha brincando e eu ficava e sentia um vazio profundo dentro do peito, e ficava triste, mas se ela me dizia você tem que ajudar a limpar as casas de veraneio e não me deixava brincar, então eu também não ficava contente, porque eu odiava limpar as casas de veraneio.

Eu, quando crescesse, queria ser secretária de escritório, não faxineira.

A gente podia entrar numa parte das casas de veraneio em que os clientes não podiam entrar. Era assim que a minha mãe chamava os estrangeiros. O lugar em que somente nós podíamos entrar era um quarto que fedia a mosto com teias de aranha e manchas de terra nas paredes brancas que já tinham virado cor de canela e que a minha mãe e o homem dos jardins chamavam de quarto de apeiro. Eu me sentia especial por estar no quarto de apeiro, mas depois me dava conta de que os estrangeiros eram mais especiais, pois podiam se jogar nas espreguiçadeiras e liam livros enormes (e eu não gostava nem um tiquinho de ler, mas queria gostar) e tomavam banho nas duchinhas e comiam nas mesinhas sob os guarda-sóis, que eu chamava de guarda-chuvas e eram feitos de palmeiras secas, e dormiam em camas com lençóis brancos com um mosquiteiro em cima da cabeça como se estivessem na selva.

A minha mãe começava a pôr a louça dentro da pia com alvejante para tirar a merda que os gringos tinham deixado, porque a minha mãe dizia que os gringos eram uns fedorentos e que não sabiam limpar, que será que na casa deles não limpavam ou o quê. Ela dizia que se aquilo era porquice, nos hotéis nem te conto, e me perguntava por que nos quartos de hotéis deixavam a merda por fora do vaso e cagavam dentro da lata de lixo, feito cachorros, feito cachorros fedorentos, se na casa deles não agiam assim, e a minha mãe limpava segurando a respiração e ficava estressada o resto do dia. A minha mãe lavava as crostas de ovo, as manchas de ovo dos pratos, os talheres e os copos, que também ficavam manchados porque eles bebiam com as mãos sujas de ovo, e me dizia que eu fosse varrendo as folhas e os figos podres que se espatifavam no chão do pátio onde estava a piscina. Ali eu os via, os gringos fazendo suas coisas de gringos nas casas de veraneio enquanto eu varria. Imaginava que eu era uma cliente com uns filhos clientes com maiôs de corpo inteiro, que eu não entendia por que usavam aqueles maiôs, e imaginava que eu entrava na piscina. E perdida na fantasia, eu deixava encostada a vassoura e a pá no muro e me aproximava um pouco da beira. Ficava ali, de pé na frente deles, com as mãos atrás das costas. As crianças que estavam brincando me olhavam como se tivessem visto um fantasma, porque o que fazia uma menina limpando feito uma faxineira adulta? Aí era quando eu me sentia poderosa, mas de repente elas se metiam dentro da piscina e começavam a nadar e então, com o calor pressionando o topo da minha cabeça, aparecia a capinha de plástico-filme diante dos meus olhos e eu percebia que não era uma cliente, e sim que era a filha da mulher da limpeza, como as pessoas a chamavam, e que se eu não me pusesse a recolher as folhas a minha mãe ia me dar uma bronca. Então eu recolhia as folhinhas pensando que não era cliente mas que também não era boa faxineira. A vovó sempre falava isso para a minha mãe, quando a via limpando, que ela era um azougue, que fazia tudo com habilidade, que era como um raio, e ao ouvi-la dizer isso eu pensava eu não teria nunca nem a metade da agilidade da minha mãe. Então a minha mãe saía e me dizia acorda, mocinha, que nem parece que você tem sangue nas veias e de repente os meus braços e pernas paralisavam e algo me impedia de continuar varrendo, e eu só ficava parada olhando os clientes, e quanto mais ela me dizia acorda, mocinha dos diabos, com mais lentidão eu fazia tudo e por isso às vezes a minha mãe falava para eu ficar brincando, porque eu atrasava o trabalho dela olhando através da capinha de plástico-filme que havia entre os clientes e eu.

Eles comiam os coelhos
sem mastigar

Shit, a bitch me pôs de regime outra vez, me disse Isora por telefone. É uma dieta à base de cebola, toda hora tenho que tomar sopa de cebola por duas semanas. Uff, que nojo, respondi. Shit, desce aqui, que estou cheia de vontade de fazer um queque, mas não vou poder comer, porque só posso tomar aquela sopa tenebrosa, desce aqui e eu fico olhando você comer o queque. Vou agorinha, respondi.

Na rua, soavam as betoneiras de cimento girando. Todos os dias havia alguma coisa em construção no bairro e atrás dos muros sempre se mexia uma betoneira fazendo um barulho como que de fantasma arrastando correntes. Nesse dia também não se via o sol no céu, mas dava para sentir que ele estava escondido atrás das nuvens. O céu era feito uma parede branca com um círculo amarelo pintado com giz de cera que alguém tinha coberto depois com mais pintura branca. Fazia muito calor. Era a bruma, como dizia o meu pai: sentíamos o peito doer ao respirar, as coisas se tornavam mais pesadas, como se tivéssemos o cimento das betoneiras dentro dos tênis. Quando cheguei à casa da Isora, a porta de trás estava aberta e cheirava a queque. O Simpson dormia deitado sobre o banco de pedra que ficava ao lado da porta. Isora tinha posto um avental de Campofrío que os entregadores de presunto tinham lhe dado. Shit, ainda estou cozinhando, ela disse com os olhos caídos. Estava triste naquele dia. Sempre que Chela a punha de regime, Isora ficava triste. Aí já não sabia falar de mais nada a não ser de comida, de coisas que ela gostaria de comer, de como se faziam o queque de iogurte e o de queijo. Sobre a bancada da cozinha havia uma bagunça danada de farinha e potes vazios de iogurtes. Vou te mostrar uma coisa muito legal, shit, uma coisa que encontrei numa gaveta, ela disse, e me levou pelo braço até o quarto da sua tia Chuchi, onde havia um quadro d'*A última ceia* em alto-relevo sobre a cabeceira da cama. Isora tirou da gaveta um isqueiro em que apareciam um homem com um pinto comprido feito uma linguiça e uma mulher apoiados numa palmeira numa praia de areia branca. Isora movia o isqueiro e, conforme fazia isso, o pinto do homem desaparecia dentro da mulher ou voltava a aparecer, era um isqueiro com desenho em tresdê brilhante. Que pervertidazinha, eu disse. Shit, você acha que a minha tia fuma maconha?, ela me perguntou. Não sei, talvez ela tenha ganhado o isqueiro de aniversário. Isora guardou ele de novo na gaveta porque o forno já estava cheirando a queimado.

Quando Isora pôs o queque na mesa, eu já estava engolindo seco. A parte de cima estava um pouco queimada, tinha uma forma redonda e um buraco no meio. Isora me disse come quentinho que é mais gostoso. Minha mãe me disse que se você comer quente dá dor de barriga, respondi. Isso é mentira, shit, é pra você não comer e aguentar a fome. Ela sempre sabia quando os adultos contavam mentiras. Isora pôs um pedaço de queque num pratinho e eu comecei a comer devagar. Não estava bom, tinha um fundinho de sabor de bicarbonato que parecia que eu tinha engolido um gole d'água de uma piscina com muito cloro. Enquanto eu comia devagarinho, Isora foi me contando que tinha sido uma mulher da igreja quem disse à avó que com sopa de cebola ela podia emagrecer rápido muitos quilos e que o que tinha que fazer era tomar essa sopa no café da manhã, almoço e jantar, e que era muito nojenta, mas que se a tomasse mesmo no fim das contas ia ficar supermagra, como a Rosarito da *Pásion*. Isora pegou o caldeirão em que estava a sopa que a avó tinha lhe preparado e ergueu a tampa diante da minha cara para que eu visse. Tinha muitas cebolas boiando, pareciam barcos perdidos numa água amarelada. Pensei que eu também queria que as pessoas se preocupassem com o meu peso. A única que me apoiava para comer pouco era Isora, mas quando ela estava de regime já não lhe importava tanto que eu comesse muito, porque só queria ver alguém comer por ela. Isora sempre dizia que seríamos felizes no dia em que deixassem a gente depilar as pernas e estivéssemos bem magras como a Rosarito e eu pensava que era verdade e que no dia que me tirassem o bigode ia ser o dia mais feliz da minha vida.

Entre o nojo de cheirar a sopa de cebola e o ruim que estava o queque, eu tinha vontade de cuspir e beber água, mas me segurei e engoli enquanto Isora observava como eu ia pegando de pouquinho em pouquinho as migalhas do queque. Para ela, cada movimento era importante. Ela gostava de ver como os meus dedos iam do queque até a minha boca e me dizia o tempo todo come assim, come assado, enquanto me olhava. Na hora em que Isora se levantou para ir ao banheiro, me aproximei correndo da porta e disse toma Simpson, e dei a ele o pedaço de queque que ainda restava. O cachorro começou a tossir rucurrucu, porque o queque estava seco e ele tinha a garganta pigarrenta de tão velho, mas conseguiu engolir tudo, como quando nos documentários as cobras comiam coelhos sem mastigar, porque ele estava acostumado a engolir tudo o que lhe jogavam. Chela sempre lhe dava as sobras misturadas do almoço, com ossos e tudo.

Estava bom, shit? Te ponho um tiquinho mais?, me disse Isora quando voltou. E eu em vez de dizer que não queria, mexi a cabeça pra cima e pra baixo. Ela me pôs outro pedaço sobre um guardanapo e fomos brincar de barbi. Isora estava o tempo todo atenta ao pedaço de queque. Toda vez que eu via ela olhando para ele, soltava a minha boneca, pegava um tico e o metia na boca. Nesse dia as barbis moravam numa fazenda de Redondo. Elas tinham empregados em quem davam chutes na bunda e diziam trabalha burro, que é pra isso que eu te pago, seu inútil. Enquanto Isora dava chutes com uma barbi no único ken que tinha, e que fazíamos como se ele fosse muitos escravos diferentes, comecei a pensar que eu não tinha coragem de dizer quando não gostava de alguma coisa e que se ela me pedisse, eu fazia e pronto, sem dizer nadinha, como se eu fosse um ken e ela uma barbi que dá chutes.

Todos os escravos já estavam mortos de fome e de calor quando a vovó ligou no telefone da Chela para que eu voltasse pra almoçar. Ajudei Isora a recolher as barbis e saí pela porta, mas antes de ir embora de vez Isora gritou shiiiiit, leva esse tiquinho de queque, e saiu correndo atrás de mim com dois pedaços, cada um num guardanapo diferente. Eu peguei e fui embora sem dizer nada porque pra mim era muito difícil me separar dela. Eu preferia fingir que não estava indo embora. Eu subi pela rodovia e já na altura do tanque estava o Gaspa farejando mijos. O Gaspa era um vira-lata cinzento feito um burro, com o pelo quase nada macio e os dentes pra fora, como todos os cães do bairro. Pensei em jogar a ele um pedaço de queque mas depois me lembrei do rucurrucu do Simpson e me deu medo de matá-lo de pigarro, porque o Gaspa era bem mais velho que o Simpson. Continuei subindo atrás da comilança e o Gaspa começou a andar atrás de mim. Ia arrastando as patas de trás como se o corpo lhe pesasse cinco sacos de cimento. Eu não sabia de quem exatamente era o Gaspa, suspeitava que ninguém o queria. Passamos na frente da casa da Melva, e o Gaspa grudava cada vez mais nas minhas pernas. Ele olhava para as minhas mãos que nem um mortinho de fome. Na altura da casa do primo da vovó, saiu outro cachorro na rodovia e também começou a me seguir. Era branco com uma mancha preta no olho direito. Parecia mais maciozinho que o Gaspa e mais novo. O Gaspa, quando era menor, era muito briguento, mas com o passar do tempo foi se acalmando e já não ligava mais para os outros cães. O Gaspa e o Chovi, foi esse o nome que dei, avançavam ao meu lado sem tirar os olhos do queque.

Continuamos subindo a ladeira e quando, ali do cruzamento, consegui ver a casa da vovó, já tinham grudado em mim cinco cachorros de diferentes tamanhos e cores. Estavam o Gaspa, o Chovi, dois caçadores abandonados que apareciam só às terças e quintas, quando passava o caminhão de lixo e as pessoas punham seus sacos pra fora, pra rasgá-los todos, e um bem pequeno e raquítico, que era o cachorro mais feio e fedorento que eu já tinha visto. Eles me seguiram até a porta. Eu deixei eles do lado de fora. Na cozinha já encontrei meu prato de sopa posto à mesa. Eu não gostava de hortelã e tirei. Fiquei pra lá e pra cá com a co-

64

lher por um tempão mas afinal não terminei de tomar. Mesmo assim a vovó me deixou comer a saladinha e o pedaço de tortilha com batatas e molho de tomate lybis, porque na casa da vovó não era obrigatório comer tudo, a gente podia fazer o que queria. Depois de almoçar, a vovó ligou na novela na televisão da cozinha. A essa hora me dava uma moleza de sono muito forte, mas eu não dormia porque não gostava de me deitar de dia. Me pus de pé e fui pegar água da cisterna no balde que estava no banco da frente da janela. A minha mãe não gostava que eu bebesse água da cisterna, ela dizia que não era água tratada, mesmo assim eu, quando estava sozinha com a vovó, fazia isso porque eu achava que era mais saborosa que a Fonteide e às vezes me dava caganeira e isso me deixava feliz porque deixava Isora feliz. Tirei um pouco de água com o balde de alumínio do tio Ovidio. Comecei a chupar com os dentes grudados na borda. A água ia entrando bem devagar pela separação que havia entre as palhetas. Me estiquei um pouco para ver pela janela e ali estavam uns dez cachorros estirados na entrada da casa da vovó, alguns dormindo, outros mordendo as pulgas. Acima, o céu era uma nuvem negra só. Aí vem chuva, pensei. Aí vem chuva.

Os gritos de Juanita ecoavam pra lá do cruzamento

No bairro não tinha nenhum menino que gostasse de brincar de barbi ou de bonecos, mas com Juanita Banana a gente fazia o que queria. Sempre lhe dávamos a barbi mais feia com a roupa mais tosca e ele pegava como quem descobre um tesouro antigo, e dizia olá, souachaxiraxiesoumuitolinda, com voz de passarinho. Juanita Banana era louco pra que o chamássemos pra brincar de barbi porque em casa ele não tinha nenhuma barbi. O avô de Juanito dizia que esses meninos de hoje em dia eram todos uns efeminados. Por isso, quando Juanita Banana vinha brincar com a gente, trazia uma bola, para que ninguém soubesse o que fazíamos de verdade. A vovó não ligava que Juanito brincasse de bonecas, às vezes inclusive ela brincava com a gente, mas sua maneira de brincar era diferente. Ela lavava e limpava as bonecas porque estavam todas cheias de imundices de tanto esfregá-las nas montanhas de areia de construção que havia do lado de fora da casa da vovó e as deixava mais limpas que as lajes de um barranco, bonitas e bem-vestidas nos degraus da entrada.

Com Juanita Banana a gente também jogava bola de gude. Quem tinha mais bolas de gude era ele, porque sempre dão mais dinheiro aos meninos pra bolas de gude e os tazos, e nós, as meninas, só tínhamos quatro ou cinco estropiados de cada coisa. Juanita Banana tinha uma bola de gude branca com purpurina, linda, fazia tempo que Isora e eu estávamos de olho nela. Isora não sabia jogar bola de gude mas inventava as regras e, briguenta e teimosa que era, sempre acabava ganhando. Dizia gongo!, mas sempre era mentira. Um dia, quando Juanito saiu pra mijar atrás de uma vinagreira, Isora gritou gongo, idiota! E quando Juanita veio correndo com a calça toda mijada por causa da pressa, Isora já tinha pegado a bola de gude branca de purpurina e nunca mais soubemos dela. Outras vezes jogávamos gameboi por horas. Juanita e eu também tínhamos o advans, mas a protagonista continuava sendo Isora, porque o cartucho de jogos pirateado era o melhor. Enquanto Isora não parava de ganhar todas as fases, Juanita e eu ficávamos atrás dela, observando com atenção por cima do seu ombro pra ver se por acaso o boneco não se afogava ou pegava fogo, mas ele nunca morria. Isora inventava as regras de todos os jogos, até os do gameboi. Se algo saía errado, ela dizia que era a vez dela de novo porque o jogo era dela, e que Juanita e eu também tínhamos um gameboi e a querela acabava. Eu queria jogar Hamtaro tanto quanto as batatas querem chuva.

Era quarta-feira e por todos os lados se viam pedaços de vulcão atrás dos retalhos de nuvens que iam deslizando por dentro dos pinheiros. A capa de nuvens era espessa, mas ventava tanto que às vezes o sol escapava pelas frestas do branco e nos acariciava os ombros. Estávamos nos degraus da entrada da casa da vovó. Sobre nossa cabeça repousava uma mata gigante de primavera rosada com a qual às vezes eu inventava a história de que vivia num castelo com jardins e leões. Juanito estava brincando com a Chaxiraxi, a barbi que tinha a cara enfiada pra dentro, a barbi mais feia. A Chaxiraxi usava uma roupa feita pela vovó, com o tecido da colcha da cama dela, porque Isora e eu tínhamos posto fogo na roupa original, porque ela era tosca. Isora e eu estávamos com as barbis de sempre. Nesse dia a dela se chamava Jennifer López e a minha, Saray, como a menina que andava cagando por todo lado. Nossas barbis eram, as duas, superbonitas e com um coque bem puxado. A barbi Chaxiraxi estava nos contando que tinha se deitado com um homem que fedia a vinho atrás do bar do Antonio. Isora pôs a cara da Jennifer López ao lado da cara da Saray e disse bem baixinho cara, essa Chaxi faz programa e a Saray riu hihihihihi, tapando a boca com a mão. Às vezes éramos muito cruéis com a Chaxi, mas Juanita Banana adorava nossas palhaçadas e se mijava de rir. A Chaxiraxi começou a voar pelada por cima de uns vasos com palmeiras que a vovó tinha em cima dos degraus da entrada. Isora começou a sentir uma raiva muito grande porque no fim das contas Juanita sempre estragava os jogos. Não se conformava em fazer coisas realistas, no fim acabava voando, jogando as barbis por um barranco ou botando fogo pela boca. Juanita, porraidiota, lhe disse Isora, ou você faz as coisas direito ou não brinca! E nisso escutamos uns passos no caminho, uma voz escura feito uma caverna, pigarrenta, antiga. Juan, pra baixo, agora mesmo! Era o avô do Juanito, que estava com o cinto na mão. Veio aonde estávamos e tirou a Chaxiraxi das mãos dele. Por causa do medo que me deu, me bateu uma vontade de mijar muito forte. Isora disse que Juanito só estava nos ajudando a ajeitar as barbis, mas deu na mesma. O avô o pegou pela orelha e a retorceu feito um pano de prato molhado, o empurrou pra rodovia e o meteu dentro de casa. A barbi ficou jogada na terra com as pernas abertas. No seu corpo nu se refletia a sombra da buganvília. Isora tapou os meus ouvidos com os dedos. E eu tapei os dela. Nos olhamos nos olhos sem nos mexer por um bom tempo. Dentro dos meus ouvidos comecei a sentir uma pulsação forte, como um coração dentro da minha cabeça, tuntuntum, a minha pulsação destroçando os dedos dela contra as paredes do meu corpo. Me concentrei em sentir, mas nos meus dedos não havia nada. Não tinha pulsação, como se dentro do corpo dela não existisse coração, apenas tripas.

Nos soltamos. Os gritos da Juanita ecoavam pra lá do cruzamento.

comer isora

isora tinha os olhos verdes como um lagarto verde como uma mosca em agosto sobre o sanduíche de salpicão de atum na praia de teno como uma garrafa de vinho vazia a avó da isora se zangava e lhe dizia te esvazio por dentro hoje bebo o teu sangue desgraçada isora tinha os peitos redondos e eles estouraram feito a terra quando cospe uma flor que primeiro é pequena depois grande a terra do seu peito seca depois estrias o peito não cabia na pele e isora chorava tinha pelos na perereca e às vezes os depilava todos até o buraco do cu e o cu ardia isora tinha um pelo preto duro e grosso como a grama falsa das casas de veraneio na perereca o pelo de isora cheirava a moedor de *gofio* a amêndoas tostadas a pão queimado ver isora chegar fazia eu me sentir tranquila como quando ouvia o ensopado fervendo ao meio-

-dia e meia isora tinha os dedos gordos e as unhas como que comidas por uma cabra às vezes eu via ela tocar as coisas pegar o garfo acariciar as folhas do livro de conhecimento do meio que tinham uma textura estranha e brilhavam apontar na caderneta de fiados da venda e me dava vontade de fazer mal a ela de pegar a sua mão e retorcê-la até arrancar os seus dedos do lugar até deixá-la sem mãos às vezes odiava ela e queria destroçá-la isora tinha os lábios pintados parecia que tinham lhe partido os lábios na pancada eu lhe dava beijos na parte vermelha atrás do centro cultural isora era a minha melhor amiga eu queria ser como ela eu tinha os olhos castanhos um mais escuro que o outro um mais claro que o outro quando nasci a minha mãe pensou que eu era cega e foi correndo perguntar ao médico eu quase não tinha pelos na perereca e a minha mãe só me deixava apará-los com uma maquininha eu queria me depilar com a lâmina do meu pai mas o meu pai não deixava isora me dizia que sorte que você não tem peito e os meninos não riem shit shit ela me chamava de shit porque a merda era uma coisa bonita bela como a bruma entre os pinheiros isora dizia que na mata existiam bruxas que falavam da mãe isora falava sozinha às vezes dormia com os olhos abertos e me insultava em sonhos às vezes nos víamos dormindo às três da manhã do lado de fora da porta da venda e éramos fantasmas que se tocavam os ossos sob a lua isora parecia uma orelha-de-burro era macia como uma orelha-de-burro alta mais alta que eu subida em cima de um rochedo em cima de um rochedo isora era úmida feito um nardo os ombros largos as orelhas pequenas uma pinta no queixo um pelo na pinta do queixo bem pequeno e elevado como um pássaro cravado na ponta da sua cara um buraco no queixo como uma poça as clavículas como perfurações pontudas a ponta dos ossos eu gostava dos órgãos da isora embora não os visse tinham que ser redondos como círculos perfeitos eu gostava da parte de dentro dos seus braços branca e com espinhas macia e ao mesmo tempo áspera isora tinha uma mancha de nascimento na bunda dizia que era um carinho da sua mãe eu gostava dos dentes da isora o jeito como se encaixavam os de cima e os de baixo mecanismo perfeito quase transparente isora dizia orgasmo eu pensava que uma camisinha era a união entre uma pererecaa e um pinto eu não sabia a diferença entre mim e isora às vezes eu pensava que éramos a mesma menina isora bebia café com leite e leite como as velhas chupava o leite condensado com um canudinho eu queria chupar a cabeça de isora pra metê-la dentro do meu corpo como a menina grávida de lilú que saía na televisão a barriga grande dentro do corpo da isora dentro isora beijando a minha barriga por dentro eu queria comer isora e cagar ela pra que fosse minha guardar a merda numa caixa pra que fosse minha pintar as paredes do meu quarto com a merda pra vê-la em todas as partes e me transformar nela eu queria ser isora dentro da isora isora isora isora bebendo um copo de leite com *gofio* e dizendo fãc yu in mai laif isora pisando na minha cabeça com os tênis isora esmagando a minha cabeça com os tênis isora me dizendo shit não grite deixa de ser burra você não percebe que a minha avó está te ouvindo

Vou te fazer carícias ke ñ são inventads

Tínhamos um livretinho de canções da Aventura, Isora e eu. Isora dizia que não existia no mundo todo uma banda melhor que a Aventura. E eu achava a mesma coisa. Quando ouvia as canções da Aventura me dava como que uma coisa dentro do corpo, como se estivessem remexendo os meus órgãos com um pedaço de pau e mudassem todos de lugar. Isso é verdade, dizia Isora toda vez que ouvíamos uma frase do Romeo de que gostávamos muito. Isso é verdade, e ela me mandava copiar na CaDeRnEeeTa DasSsS KaNçÕeS. A cadernetinha se chamava A CaDeRnEeeTa DasSsS KaN-çÕeS porque quando a roubamos de debaixo do balcão da venda, estava escrito na capa, dura, marrom e forrada com tecido, a palavra *CONTAS* e Isora teve a ideia de colar em cima um pedaço de papel branco com fita adesiva e pôr um nome bonito com as letras grandes e pequenas como quando escrevíamos no méssinger. Fizemos isso com uma caneta de purpurina azul que sempre ficava seca na metade da frase.

Isora tinha um mp3 vermelho, vermelho e lindo como uma ciriguela vermelha. Ela tinha ganhado de presente do primo de segundo grau de Santa Cruz, que sempre lhe dava todas as coisas tecnológicas. Isora conhecia muito de música. A avó lhe dava dinheiro para comprar cedês no terminal quando Isora a acompanhava à cidade e as canções que ela não tinha, ela procurava na internet. Isora sabia todas as letras da Aventura de cor e quando lhe dava na telha ela começava a cantar *si me enseñaste a querer, también enséñame a olvidar esto que siento, porque eres tú niña querida la mujer a quien yo amo y a quien quiero, quién sanará este dolor que me dejaste en mi interior cuando te fuistes?, quien inventó el amor debió dar instrucciones pa evitar el sufrimiento.** E ela parava e pensava e de repente me dizia shit copia isso na CaDeRnEeTa DasSsS KaNçÕeS e eu copiava kem invntó o amor deveria dar instruçõns pra evitar o sofriment.

Eu pensava que as canções da Aventura diziam a verdade sobre a vida. E quando Isora e eu líamos as frases que fomos copiando na CaDeRnEeTa DasSsS KaN-

---

* "Se você me ensinou a amar, também me ensine a esquecer isso que sinto, porque é você, minha menina, a mulher que eu amo e que desejo, quem irá curar essa dor que você deixou dentro de mim quando partiu?, quem inventou o amor deveria dar instruções pra evitar o sofrimento."

çÕeS, gostávamos de dizer que, se as guardássemos por muito tempo, quando fôssemos adultas íamos saber muito mais coisas sobre o amor que as outras pessoas. Às vezes, quando Isora se distraía ouvindo o mp3, eu ia repassando com o dedo as frases que estavam escritas na caderneta, tentando aprendê-las de cor:

1) 1 bi signifika amizade sex e amor em kualker parte do mundo ñ importa a religiao p/ 1 bj d sua boka vou ao céu falo com deus, alkanço as estrels d emoçao.

2) kuando se perde 1 amr na sua visao & na sua mente muda tudoOo.

3) ela & eu lokos vivendo a aventuraAaAa castigada p/ deus 1 labirinto sem saída onde 1 medo se torna amr.

4) papai me disse p eu ñ chorar por mulhrs e por vc e isso é só o q fço.

5) sendo mulherengo o amr ia bem & agora q sou sério é aamargo kem aguenta sou eUuU.

6) o escravo no amor tem o coraçÃoO pisoteado q aquele q ama mas ñ dmonstra o carinho se prepara pra 1 desliz

7) ñ é a mesma coisa fzer 1 sexo q fzer amor

8) Frase de Obsessão: desculpa se t ofend mas só q sou honest com luxo de dtalhes escuta a mnha versão puro kreme e xocolate te lambzar e te dvorar te levar a outro mundo na sua ment coraçÃoOo!!! vem vive uma aventura vmos fazer 1000 lokuras vou te fazer carícias ke ñ são inventads.

E eu voltava e repassava de novo com o dedo *vem vive uma aventura vmos fazer 1000 lokuras vou te fazer carícias ke ñ são inventads*. E então eu olhava para Isora e pensava que talvez, como eu não tinha coragem de acariciá-la como se acariciam ou se abraçam outras meninas, podia lhe fazer carícias *carícias ke ñ são inventads* e passar a mão na parte de trás dos joelhos ou deslizar os dedos por cima das crostas das unhas dos pés dela ou roçar o emaranhado de carne que lhe saía por cima da calcinha.

Seus passos no asfalto

Faltava pouco mais de um mês para começarem as festas do bairro e eu já estava com muita vontade de ver as bandeirinhas postas em barbantes, amarradas de um poste de luz ao outro, da casa da dona Carmen até a fronteira de cima da minha rua, onde a sensação de que havia festa se misturava com os pinheiros. Naquele verão a comissão não parou de pedir dinheiro nem um dia sequer. A vovó os ouvia rindo pelo caminho, os ouvia se aproximando com o carro com alto-falantes tocando a música do Pepe Benavente e gritando vem aí a comissão de festas!!! E eu saía correndo para desligar a televisão e fechar as persianas. Rápido rápido me escondia no celeiro e começava a respirar bem devagarzinho para que não soubessem que estávamos ali e não pudessem nos pedir dinheiro. Nas vezes em que a gente não reagia a tempo, porque eles tiravam o som da música e não percebíamos que estavam vindo, os da comissão de festas se aproximavam da porta e diziam Almeriiiiiinda, vem cá! E a vovó não tinha outro remédio a não ser abrir e lhes dar os quatro *duros* que ela tinha guardados para pagar os fiados da semana na venda. Outras vezes, se ela só tivesse dois euros furados na carteira e a tivessem escutado assistindo à tevê, a vovó e o tio Ovidio se metiam no celeiro e me mandavam abrir a porta. Eu via os homens da comissão com as cabeças morenas e suadas e em cima os chapéus de palha com uma faixa vermelha que dizia Dourada e os potinhos de alumínio pendurados nas mãos em que eles iam pondo o dinheiro e me diziam fofinha, diga à sua avó que venha aqui fora, e eu, com um pânico que me paralisava a boca, porque não gostava de mentir, dizia que não, que a minha avó não estava, que voltassem outro dia, e antes que eles pudessem reagir eu fechava a porta com chave.

Naquela tarde a comissão de festas tinha passado pelas casas do bairro e tinha deixado todo mundo só o pó da rabiola. Eu estava brincando no cruzamento, onde a minha rua se encontrava com a de El Paso del Burro, com uma bicicleta enferrujada que tinha uns pedais bem duros e pontudos que me faziam feridas nas canelas. A vovó saiu pra via e me disse pra eu ir comprar embutidos e ovos. Na altura do cruzamento, vi a forma do corpo de Isora no final do caminho. Eu gostava de vê-la se aproximar, sentir os seus passos no asfalto, o chão tremia. Era só ver ela lá, no final da rodovia, bem no platô, onde a estrada se tornava quase vertical, e me batia uma alegria intensa. Era como entrar no mar depois de muitos anos. Ela tirava a calcinha do meio da bunda toda hora e isso a fazia andar com um ritmo de pato topetudo manco. De lá de longe ela gritava shiiiiiiit! E eu levantava a mão.

Descemos pela rodovia saltando, porque Isora dizia que achava que podia ser uma forma de ir mais rápido. O ruim de descer tão rápido era que às vezes frear era muito difícil, porque tudo era tão íngreme que o corpo nos obrigava a continuar descendo. Na altura da casa da Melva encontramos com Ayoze e Mencey, dois garotos um ano mais novos que nós mas que eram muito espertos. Estavam jogando bola e a todo momento tinham que sair correndo pela rodovia porque a bola escapava e às vezes chegava até pra baixo da igreja. Naquele dia eles estavam jogando na estrada, mas na maior parte do tempo jogavam na Roça Coles Futebol Clube, uma espécie de campo de futebol improvisado numa das plantações de detrás do tanque. Como no bairro era tudo tão íngreme, a Roça Coles Futebol Clube também era. Os meninos tentaram nivelar o terreno pondo agulhas e pedras nas partes mais baixas, mas quando chovia tudo se danava. Depois de muito tempo de injustiça, decidiram que a equipe que estivesse na parte menos íngreme era meio café com leite e os seus gols valiam o dobro. Meninas, e se a gente brincasse de pega-na-bunda?, eles perguntaram quando viram a gente saltando pela rodovia abaixo. Eu parei mas Isora continuou avançando e lá de baixo ela gritou que não, que nós íamos brincar com as nossas coisas. Eu adorava a capacidade da Isora para dizer não às pessoas. Ela não tinha medo de que deixassem de gostar dela. Dizia o que queria quando lhe dava na telha. Eu dei meia-volta e a segui rápidorápido porque me deu medo de que os meninos nos dessem uma bolada por sermos metidas a besta e quando cheguei perto da Isora freei apertando os tênis contra o asfalto. Isora se virou para tirar a calcinha do meio da bunda e asfixiada e sem ar, muito vermelha, me disse shit, você já viu alguma vez o pinto do Simpson quando está pra fora? Não parece um batom vermelho?

Magrinha feito uns cães de caça

nêsperas da casa da vovó
trevo-azedo
desenhos do vulcão explodindo
figos
batatas roubadas das roças
ciriguelas roxas e amarelas
folhas de amoreira pros bichos-da-seda (casc as
pessoas tivessem bichos-da-seda)
roupa dos beibiborns velhas que podia servir pras
crianças pequenas
velas de santos
imagens de santo
figos-da-índia em cestinhas de vime
cachorros-quentes
água da cisterna

salsinha roubada

amêndoas da estrada

queque de iogurte da Isora

queque de chocolate da Isora (se saísse bom)

revistas de promoção do supermercado hiperdino

desenhos do vulcão com roupa de mágico

desenhos de crianças pequenas com roupa de mágico

bananas roubadas

desenhos de bananas com roupa de mágico dançando em cima do vulcão

coisas canárias inventadas que os gringos gostam

Todas essas coisas eu e Isora queríamos vender pra conseguir um balão intragástrico, como ela dizia. Um balão intragástrico porque ela tinha ouvido na venda, porque na venda se ouviam muitas coisas, que tinha uma mulher que vivia mais pra baixo da igreja, bem mais pra baixo da igreja, e eu não sabia de que lugar ela estava falando porque mais pra baixo da igreja eu já não conhecia nada, que ela pesava tipo duzentos quilos e pôs um balão intragástrico e perdeu um montão de peso até ficar magrinha feito uns cães de caça. Isora me disse que tinha ouvido isso na venda de manhãzinha bem cedo, quando estava ajudando a avó a repor os produtos nas prateleiras da venda, e da impressão que lhe deu ter ouvido aquilo, deixou cair no chão uma latinha de carne e Chela gritou você é tonta? Você está meio baratinada, estou achando, parece que está meio tantã. Ela me contou que pegou a latinha do chão e que teve a ideia, tinha acabado de passar pela sua cabeça, que se ela conseguisse guardar dinheiro suficiente no cofrinho pra comprar um balão intragástrico já poderíamos ficar supermagras pela vida inteira, e a bitch não ia mais deixar ela na dieta da cebola, nem do pinhão, nem do suquinho de limão, nem do suquinho de maçã.

Algumas coisas nós conseguimos. As nêsperas da casa da vovó, os ramos de trevos-azedos, os desenhos do vulcão explodindo que Isora fez, os figos, as velas dos santos que roubamos do celeiro da vovó, os figos-da-índia, que para apanhá-los o tio Ovi teve que entrar em meio às figueiras espinhentas com uma vassoura de varrer os espinhos e ficou todo arranhado até as pálpebras dos olhos com os espinhos das figueiras, a salsinha da estrada também conseguimos e os desenhos do vulcão com roupa de mágico e os das crianças pequenas com roupa de mágico e os desenhos de bananas com roupa de mágico dançando em cima do vulcão, todos esses desenhos foram feitos pela Isora e ela assinou na parte de baixo como se fosse uma artista importante, BY ISORA, e as revistas de promoções do hiperdino também, sobretudo as revistas do hiperdino, que encontramos no quarto do tio Ovi amontoadas numa pilha gigante, ao lado de outra pilha com revistas do *¡Hola!*, nas quais saíam todas as pessoas famosas de quem Isora sabia todos os nomes e eu não.

A primeira coisa que tentamos fazer foi ir às casas de veraneio para vender algumas revistinhas do hiperdino e trevos-azedos, mas quem nos abriu a porta foi o homem que cuidava dos jardins e ele viu as quinquilharias que tínhamos nas mãos e nos disse que diabo vocês estão trazendo aqui bah se isso não serve pra nada e mandou que fôssemos voando pra casa do caralho. Isora teve a ideia de ficar no cruzamento, no caso de subirem os carros dos estrangeiros então lhe diríamos tipical canary islan mostrando os figos-da-índia e as revistas do hiperdino e eles com certeza eram tão bobos que nos comprariam coisas. Depois de meia hora sentadas no cruzamento, ao lado de uma pedrona sobre a qual pusemos os produtos canários inventados, Isora disse shit, estou achando chato, vamos pra baixo. E descemos pra zona central, a que havia entre a casa dos homossekssuais e a casa da dona Carmen, que pra mim era a zona das pessoas ricas, as pessoas da associação de vizinhos, da comissão de festas, eu sempre tinha sonhado em viver do ladinho da Isora para estar perto do centro cultural, do bar, da praça da igreja, do quartinho da comissão. Já de longe Chela começou a gritar que tipo de quinquilharia é que vocês levam aí? E Isora respondeu bem baixinho, com os lábios fechados e um ódio nos olhos, fãc you bitch tomara que você coma uma shit.

Já na altura do bar Isora disse melhor irmos direto pra casa da dona Carmen, que ela não estava com vontade de entrar no bar do Antonio. Começamos a cantar a música "La boda" da Aventura. Shit, quando eu me casar vou pôr um vestido longo que quando eu entrar na igreja as pessoas se enrolem na cauda, ela disse de repente. Quando chegamos na casa da dona Carmen a tevê estava ligada em *La mujer en el espejo*, mas não porque estivessem passando a novela. O filho da dona Carmen, que tinha ido viver em Los Silos com a namorada, uma vez gravou para ela um capítulo numa fita quando veio vê-la e de vez em quando a dona Carmen punha pra ouvir alguma coisa, como ela dizia. A dona Carmen estava lavando a louça e ouvindo a novela e nós entramos feito dois cachorros xeretando tudo. Pusemos todas as coisas que tínhamos pra vender espalhadas sobre a mesa da cozinha. Ah não minha filha, é que não tenho nem um tostão, disse dona Carmen a Isora, muito entristecida. E vocês não estão com fome, minhas filhas? Querem que eu prepare umas batatas fritinhas com uns ovos? Olha que tenho umas batatas bonitas dessas pequenininhas. Pois um tiquinho eu comeria, sim, disse Isora.

No fim das contas, nos empanturramos tanto que eu tive que soltar o botão da calça para poder continuar respirando. Dona Carmen recolheu os nossos pratos todos limpinhos, porque até o caldinho do ovo nós lambemos do fundo. Os pratos que a dona Carmen tinha eram os mesmos dos da vovó, uns brancos com a borda amarela e verde que davam na venda com os pontos do presunto. Shit, me dói um montão aqui, me disse Isora bem baixinho. Ela me disse isso bem baixinho e apontando para a boca do estômago. Dona Carmen falava sozinha sobre uma galinha que se chamava La Negrita que não punha ovos. Isora foi direto ao banheiro. Eu fiquei paralisada na cadeira. Olhei pra dona Carmen. Ela tinha a lona dos sapatos furada, a blusa, o casaco e o avental manchados de alvejante e merda das cabras. Um coque que juntava todos os seus cabelos brancos, um gorro, um gorro verde de Piensos González León. Dona Carmen estava em outro mundo e eu, por um momento, gostaria também de estar lá nesse outro mundo. Diziam que ela perdeu o juízo quando o marido caiu do andaime e se espatifou feito um coelho. Feito um coelho com as tripas pra fora. Senti o barulho de água da privada que vinha do banheiro. Lembrei daquilo que a minha mãe sempre perguntava: e se Isora se jogar de um barranco você também se joga? Isora voltou para a cozinha e se sentou à mesa. Estava com a roupa toda molhada e os cabelos despenteados. Minha filha, você não tem nem um tiquinho de frio?, lhe perguntou a dona Carmen. Parece que estou doente, o dia todo coberta, carrego mais casacos que pele. Isora respirava forte e esfregava as mãos na camiseta toda molhada. Tinha os olhos verdes como uvas verdes saltados pra fora, estava também em outro mundo, em outro lugar parecido com o da dona Carmen. E eu estava ali, sentada naquela cadeira com a barriga empanturrada, transbordando de ovo e batatas, olhando Isora tremer como um rato envenenado.

Esfregar-se

Na carteira do colégio, assim, como se esfregam os animais na merda, nas rãs em decomposição, assim a gente se esfregava na carteira do colégio. E as crianças frequentavam a sala de aula, que era uma sala pequena, com um só professor para dois cursos, e ficávamos nós, as crianças do primeiro ano, do lado esquerdo da sala, e as crianças do segundo ano do lado direito da sala e o professor explicava um pouquinho a cada um dos grupos e nós escutávamos as explicações dos do curso dos mais velhos. Por isso aprendíamos coisas que ainda não era hora de aprender e sabíamos dividir números por três e nos esfregar na carteira, como os porcos no esterco, esterco de cavalo. Depois ficávamos fedendo a pererica, a sala toda fedia a pererica e as roupas das outras crianças fediam a pererica e o professor e as mãos do professor também, porque ele pegava o giz que a gente pegava.

A mesa vibrava como um terremoto que anunciava a erupção do vulcão, mas nunca explodia, o vulcão nunca explodia. Como quando o prefeito apareceu na tevê e nos disse calma, cidadãos, calma, porque havia muitos terremotos que faziam as coisas vibrarem e tínhamos medo de que a erupção caísse em cima de nós. Eu pensava que, se ele explodisse, podíamos pegar um barco na praia de San Marcos e ir pra La Gomera.

Então, quando a mesa vibrava como um terremoto, quando a mesa vibrava como um terremoto que anunciava a erupção do vulcão, eu sabia que Isora estava se esfregando na carteira e eu fazia o mesmo e começava a me esfregar.

No início nos esfregávamos pouquinhas vezes, mais escondidas. Mas depois, quando ficamos sabendo que o vulcão podia explodir, começamos a nos esfregar com mais força, mais vezes. E falávamos sobre nos esfregar o dia todo. Em resumo, se íamos morrer mesmo, o melhor era se esfregar o máximo possível.

Desde pequenininhas, gostávamos de nos esfregar. No verão, como tinha pouquinha coisa para fazer, nos esfregávamos ainda mais, mais vezes, com mais frequência. Usávamos os fechos da roupa pra friccionar por cima do moletom cortado nas coxas que usávamos no verão. Quando fazíamos desenhos, púnhamos os giz de cera debaixo da calcinha e quando brincávamos com os beibiborn os enfiávamos lá embaixo também.

Esfregávamos as cabeças das barbis, os cabelos das barbis e então depois tudo cheirava a perereca, a peixe deslizando por cima das pedras, a água salgada secando dentro das poças, ao sal que ficava por cima da água das poças, que depois virava uma crosta fedorenta e dura feito uma rocha. E às vezes as canetas marca-texto manchavam a roupa e as esferográficas estalavam, mas nós continuávamos nos esfregando até o fim, sempre até o fim, e depois já pensávamos o que íamos dizer às nossas mães e Isora se lembrava de que ela não tinha mãe e que com certeza se a sua mãe a visse assim toda esfregada teria vontade de arremessá-la.

E no fim da esfregação Isora me mandava rezar e eu bisebisebisé com a calça de moletom toda rabiscada de cores, como um arco-íris dentro das pernas, um arco-íris que se erguia por cima do limite do mar, lá embaixo, onde as nuvens se juntavam com a água e tudo então ficava cinza, e restavam apenas as nossas pererecas pulsando como um coração de melro sob a terra, como uma selva prestes a explodir o centro da Terra.

A minha santa com feridas nos joelhos

Quando a novela acabava e as nuvens atingiam o topo da nossa testa, Isora era invadida por uma tristeza estranha, como que longínqua, uma tristeza feito uma martelada, feito um pica-pau perfurando a madeira piquipiquipiqui e repetia quero tirar a minha vida, quero morrer. E ela falava assim, com essas palavras, como se tivesse cinquenta anos e não dez.

Corríamos, corríamos com as pernas nuas. Entre as urtigas, os cardos, as figueiras-da-índia. Corríamos e pulávamos sobre os pés de ciriguela, de pera, de maçã, as maçãs ácidas e prematuras queimando o céu da boca. Abortos de nêsperas pelo chão. Quando a tristeza nos atacava, a gente comia amoras verdes e peras quentes até ter caganeira. Caganeira, caganeira, caganeira, sempre queríamos ter caganeira. Tirávamos as teias de aranha da cara com a ponta da língua. Sem querer encostávamos as nossas pererecas. Nos esfregávamos.

Era a tristeza e enfiar o dedo no cu. A tristeza e enfiar a mangueira da roça no cu, regar o cu como se regam as calabaceiras. Enfiar a mangueira no cu para cagar por pressão, mais melhor mais rápido, para ficar mais magra que um cabo de vassoura.

Quando chorávamos, Isora e eu gostávamos de brincar de dar voltas ao redor de nós mesmas até ficarmos tontas. Nos pegávamos pelos ombros e caíamos juntas no chão e fazíamos feridas nas mãos, nos cotovelos, nas canelas. Depois lambíamos o sangue com a língua, como quando antes de ir embora com a alemã e não nos ver nunca mais e deixar a vovó com todas as dívidas, o vovô me contou que santo Antão tinha um cachorro que lhe curou as feridas quando o santo estava prestes a morrer. Eu sonhava em curar a tristeza da Isora, queria ser o seu cachorro e ela a minha santa com feridas nos joelhos.

Isora e eu fomos uma vez juntas à festa de santo Antão que acontecia no bairro de El Amparo. Como não tínhamos um cachorro para levar porque ninguém permitia e os que estavam abandonados e miseráveis não se deixavam apanhar, Isora teve a ideia de levar um gato. Pegamos um dos gatos selváticos da vovó e amarramos uma corda no seu cangote. Quando chegamos à praça havia periquitos, mulas, cavalos, furões, cabras com as tetas gordas que eram arrastados pelo chão. Passavam os rapazes com as motos que faziam um barulho como que de milhões de moscas juntas e de repente o gato se assustou e começou a pular nos muros da praça. Seus olhos saltavam pra fora porque com a corda não lhe chegava o oxigênio ao cérebro.

Nos dias em que Isora queria morrer eu também sentia que queria morrer e ela me dizia que a melhor forma de morrer era encher a banheira de água quente até a borda e cortar as veias. Eu me perguntava como ela sabia tantas coisas que eu não sabia e então ficava triste porque pensava que eu não tinha tristeza própria, que a minha tristeza era a dela só que dentro do meu corpo, uma tristeza tipo de imitação, duas tristezas duplicadas, a marca falsa de uma tristeza, essa era eu, porque eu não tinha motivos pelos quais estar triste mas os inventava.

Às vezes, a tristeza embrutecia Isora. Ela passava muitas horas sem dizer uma palavra. Sentava-se nos cantos da parte de baixo da venda, bem onde uma parede se abraça à outra, e ficava ali olhando sem ver nada. Os olhos eram duas manchas, duas moscas verdes dando voltas num cômodo que fedia a vinho. Eu me entediava muito mas não ia embora, ficava ao lado dela escutando o seu silêncio. Como quando os maridos se sentam para assistir ao futebol e as mulheres os acompanham embora não lhes interesse, porque os maridos estão tristes com a vida e com o trabalho no Sul e é preciso ficar com eles porque é obrigação.

A carinha de Jesus Cristo

A casa de Isora tinha dois andares. No de cima ficava a casa em que viviam antes. Embaixo, um salão grande que foi transformado na nova residência. A casa nova passou a existir depois que a mãe da Isora se matou. O andar de cima estava todo coberto por uma camada de pó que fazia com que as coisas parecessem duas vezes maiores do que eram. Chela não gostava que ficássemos xeretando na parte de cima, queria manter tudo tal qual estava antes de encontrarem a filha. Numa das gavetas do quarto da mãe da Isora ainda havia algumas calcinhas que ela usava. Às vezes, Isora as tirava de lá e olhava e tocava nelas e andava com elas pelos cômodos. Brincávamos de que eram calcinhas que tínhamos comprado na loja El 99 que ficava na cidade e eu perguntava qual o tamanho que ela queria, se eram pra presente, não temos papel de presente, querida. Num daqueles dias de verão em que ela pegou as calcinhas, Isora me perguntou se eu queria fazer uma coisa. Que coisa, perguntei. Um jogo com as calcinhas, ela me respondeu. Me dava muito medo que ela estivesse pegando as calcinhas da mãe porque se a avó ficasse sabendo disso ia esmagar a cabeça da Isora. Ela me disse que por favor vestíssemos a calcinha da mãe. Não pensei muito, ficamos peladas feito bicho, pusemos a calcinha, e nela ficava mais ou menos bem mas em mim ficava caindo pernas abaixo. Me disse deita, deita na cama, e eu tinha um pouco de medo de me deitar, porque não sabia se os mortos gostavam que usassem a sua cama sem permissão ainda mais com a sua calcinha posta, mas me deitei e a cabeceira, que tinha a carinha de Jesus Cristo talhada na madeira, bateu na parede e Isora se deitou em cima de mim e a cabeceira voltou a bater. Senti o peso dos seus peitinhos e percebi que estava nascendo uma coisa quente na região de baixo do meu corpo, como um ensopado que fervia e o caldeirão ia botando água pra fora, e começamos a rodar na cama, pra um lado e pro outro, abraçadas como dois gatos brigando de noite, e rodávamos pra direita, até que a cama acabava desse lado, e em seguida fazíamos isso pra esquerda, e fazíamos isso abraçadas, embora não fôssemos das amigas que se abraçavam nem se beijavam. De repente paramos, eu fiquei em cima dela e, sem pensar, esfreguei um pouco a minha calcinha na dela e ela esfregou também a sua na minha. Perdi a respiração. Por um instante pensei que eu era a sua mãe, que ela era o meu bebê de quarenta quilos que tinha rachado a minha pele no dia que tive que pari-la. Só pensei em protegê-la, queria cuidar dela e lhe dar uma mamadeira cheia de leite e *gofio* quentinho e fiquei olhando-a nos olhos. Isora afastou o olhar. Me disse shit, vamos descer que a bitch vai se zangar.

Naquele dia tinha só ensopado de *coles*[*]

Na casa de Isora a comida era uma bagunça. Arroz com açafrão com coxas ao molho com peixe com batatas com ovos e batatas com cebola, requentado das batatas cozidas do dia anterior, com rancho com ensopado de *berros*[**] com batatas com carne, tudo junto. Na casa da Isora a comida era uma bagunça, mas naquele dia não, naquele dia só tinha ensopado de *coles*. A luz da rua entrava pela janelinha da cozinha da Chela através de uma cortininha xadrez branco e vermelho e de vez em quando dava para ouvir o Simpson, que latia aos carros que subiam, um a cada mil anos, pelo bairro acima. O ensopado de *coles* já estava sobre a mesa sol-

[*] *Col* é um tipo de couve, prato típico das Ilhas Canárias.
[**] Outro prato típico: mistura de legumes e hortaliças.

tando fumaça. Eu não gostava nada de ensopado de *coles* e menos ainda se nele tivesse *gofio* por cima. Mas Isora adorava e se ela punha *gofio* por cima, eu também punha. Na casa da Chela não era igual à casa da vovó, tinha que comer tudo, não se podia deixar nem o mais mínimo de uma unha, tinha que raspar o fundo do prato, e se deixássemos um pouquinho sem comer lá ia Chela com a colher a empurrar tudo pela nossa boca adentro, frio mesmo como estava e dava estampidos com a mão aberta sobre a mesa de *tea** que soavam como um terremoto e dizia daqui não se mexe ninguém hoje até que coma isso e não quero ouvir nem um pio. Chela sempre punha pra Isora um prato menor que o meu porque dizia que Isora comia com os olhos e que era preciso controlar ela porque senão a sua fome se desbaratava. Isora acabou o ensopado rápido rápido, e em seguida começou a observar como eu comia o meu. Eu estava com a cara toda arreganhada de comer aquela massa fria e sovada em que o ensopado tinha se transformado depois de jogar sobre ele tanto e tanto *gofio* para que não tivesse gosto nenhum, e tinha que beber água a todo instante para não engasgar.

Assim que terminei o prato de ensopado me bateu uma vontade terrível de cagar, o ensopado de *coles* pesava tipo cinco bolsas de cimento dentro do meu intestino, mas eu sempre gostava de segurar a vontade de

---

* Madeira resinosa e muito resistente extraída de antigos pinheiros das Ilhas.

cagar, ainda mais quando estávamos brincando de barbi. A pressão na parte de baixo das costas me fazia sentir felicidade. Naquele dia fizemos uma brincadeira com as barbis que deve ter durado umas cinco horas. Uma história se encadeava na outra e no fim as barbis tiveram vinte filhos cada uma, com homens diferentes, que pouco a pouco iam se matando de formas distintas. Dependurados num barranco, arrebentando-se contra uma coelheira, asfixiados pelos próprios irmãos, chamuscados porque as barbis tinham deixado as batatas no fogo, mortos de fome e de sede. Na brincadeira das barbis, Isora e eu sempre tentávamos imitar as novelas ou as canções da Aventura e por isso aconteciam tantas desgraças.

Quando já fazia bastante tempo que estávamos brincando eu não aguentava mais a pressão na ponta do cu, mas fiz força e me contive um pouco mais, até que estávamos quase acabando a brincadeira. Eu disse Iso estou cagando e ela me respondeu que a avó não deixava levar gente pra cagar no banheiro. Quando Isora me dizia esse tipo de coisa eu nunca sabia se fazia isso pra me pôr à prova ou porque era verdade. Mas é que estou cagando nas calças, repeti, e ela começou a pensar como pensavam os homens velhos e foi pra parte de baixo da venda e me deixou num canto sentada com a ponta do cocô encostando na minha calcinha branca estampada com margaridas azuis. Voltou com uma caixa de alcaçuz vazia, de alcaçuz de muitas cores como um arco-íris vazio e me disse caga aqui, shit. Nessa coisa tão pequena?, perguntei. E ela disse que sim, que tudo bem. E eu, como já estava quase explodindo, abaixei a calcinha e me agachei. Enquanto eu cagava dentro da caixinha de alcaçuz Isora me olhava bem séria, como se estivéssemos fazendo uma coisa importante da qual eu não tinha noção. As barbis estavam todas espalhadas pelo quintal, na poltrona, deitadas na mesa em cima do ken ou espichadas numa palmeira de plástico que tinha no canto e eu era um monstro gigante que cagava numa caixa de alcaçuz dentro do mundo delas, o mundo das barbis. Quando subi a calcinha percebi que ela estava toda cagada, manchada de nicotina, como dizia o meu pai, e disse Iso, olha. Isora me disse que não tinha importância, shit, eu te faço uma compressa e você põe. E foi ao banheiro e trouxe papel enrolado na palma da mão e me deu. Ela me disse, põe isso como eu ponho como quando estou menstruada, mas põe na parte da bunda. E eu fiz isso sem pensar. Isora fechou a caixa com o cocô fedorento dentro e a pôs atrás dos refrigeradores da parte de baixo da venda, onde se guardavam as asinhas de frango e as caixas de camarão, para que ninguém pudesse encontrar.

Estávamos entrando no mês de agosto. Já tinha passado mais ou menos uma semana desde o episódio do cocô na caixa de alcaçuz. Fazia muito tempo que as aulas tinham acabado e eu só tinha feitas duas páginas do caderno de férias. Isora tinha quase terminado. Nem um só dia de todos os que estávamos sem ir à escola tinha feito sol, as nuvens eram como um trinco fechado no céu, um trinco enferrujado impossível de abrir. Naquele dia começamos a brincar com a bici da Isora na frente da venda, o Simpson e o Gaspa montavam um no outro, como dizia a minha mãe, por fora da venda, e de vez em quando saía Chela para jogar um balde de água nos cachorros para apagar o fogo passageiro. Chela passou a manhã inteira dizendo às pessoas da venda que que diabo de fedor era aquele que estava na venda, que isso só podia ser algo morto onde quer que fosse e as pessoas, de ficar apenas um instante esperando que Chuchi lhes cortasse um tiquinho de presunto e um tiquinho de queijo, também enojadas diziam uff, que fedor a betume você tem aqui, Chela, ou que ciabos é essa peste?

Numa das vezes em que Chuchi teve que descer para buscar uma caixa de asinhas de frango, que a vovó fazia fritos com molho aguacento para mim, saiu pela venda gritando que o fedor a coisas mortas vinha da porra daqueles refrigeradores e Chela desceu correndo. Eu te arrebento viiiiiiiva, sua desgraçada! Tiro o seu sangue! É hoje que bebo o seu sangue!, Chela subiu gritando com a caixa cagada na mão. Isora, que estava montada na bici, desceu e a arremessou pro meio da rodovia e ali mesminho a deixou jogada. Gritou shit, vai pra sua casa, que a bitch está feito o demônio. E como eu com Chela me cagava nas calças de medo, saí andando rápido rápido pra casa da vovó.

Naquela mesma noite, enquanto eu estava com a vovó vendo *En clave de Ja* na televisão da cozinha, soou o telefone e era Isora. Ela me disse shit, vou ficar presa trabalhando na venda até depois de amanhã e a bitch me pôs de regime outra vez, ela disse que essa cagada era tipo de uma mula e que estou comendo muito. Mas se a cagada era minha, respondi. É, mas eu sei como lidar melhor com a bitch. E desligou. A vovó estava descascando batatas pro dia seguinte e da janela da cozinha se viam alguns fogos estourando no céu, estourando porque certamente havia festa em algum bairro. Eram uns fogos como estrelas enormes vibrando no céu negro.

iso_pinki_10@hotmail.com

Naquele verão Isora e eu nos inscrevemos nas aulas de informática no centro cultural. Nos inscrevemos porque na verdade queríamos falar pelo méssinger. Pelas tardes não havia nenhuma vaguinha nos computadores porque os kinkis já tinham ocupado todos todinhos os lugares e quase não dava pra entrar, porque pra cada garoto que usava um computador havia três olhando por trás. Com as aulas de informática podíamos usar os computadores o tempo todo que quiséssemos. Elas aconteciam de manhãzinha bem cedo às terças e quintas e não precisava ir todas as vezes porque o professor não se zangava se faltávamos. As mães mandavam as crianças às aulas de informática para que aprendessem a usar os computadores e por isso nas aulas de informática estávamos Isora e eu e todos os outros eram meninos e meninas pequenos que não tinham nem conta de méssinger. Íamos às aulas de informática no oba-oba, na verdade. Fazíamos como se prestássemos atenção no professor, mas não aprendíamos nada. O professor era um homem que usava sempre uma camisa de botões azul-marinho manchada de suor, o coitadinho sempre estava cozinhando de calor fizesse o tempo que fosse e zurrava feito um burro, óin óin que calor, ele dizia, óin óin que baita calor. O professor do laboratório cuspia quando falava, era um pouco gorducho e adorava jogar xadrez e damas, eu não gostava das pessoas que jogavam xadrez porque era um jogo que eu não entendia e me fazia desconfiar. O que o professor do laboratório mais gostava era de nos pôr para fazer bordas coloridas no Word. O que o professor do laboratório menos gostava, disso sabíamos bem porque ele repetia toda hora feito uma matraca, eram as querelas. Eu sou um homem tranquilo, não gosto de problemas, ele repetia. Era um homem com muita paciência, como dizia a vovó. Embora ele soubesse que Isora e eu fazíamos uma borda de joaninha no Word e já entrávamos direto no méssinger, ele não nos dizia nada e, se nos via com as janelinhas do méssinger abertas, fingia que não estava vendo e continuava explicando mais coisas do Word. Fazia tempo, quando tinham acabado de trazer os computadores ao centro cultural, lá por março desse mesmo ano, uma menina mais velha que a gente, Zuleyma, a filha do Antonio do bar, criou para cada uma de nós umas contas de méssinger. Isora usou no primeiro dia. No segundo, usei eu, porque tive que esperar que os meus pais voltassem do trabalho para perguntar se eu podia ter um méssinger e como eles voltavam muito tarde quase caí no sono assistindo à tevê com a vovó. Isora sempre fazia as coisas sem permissão porque sua avó não ficava sabendo de nada e porque ela não ligava de fazer coisas perigosas sem que as pessoas adultas soubessem, porque ela era famosa e tinha uma venda e às pessoas famosas tudo se perdoa.

A conta de Isora era mais bonita que a minha. A dela era iso_pinki_10@hotmail.com e ela sabia usá-la melhor que eu. Quando íamos às aulas de informática com o professor do laboratório eu sempre dividia o computador com Isora porque a verdade é que eu não entendia direito os computadores. Isora entendia tudo rápido. Um dia Acaymo, um dos kinkis, lhe explicou como falar pelo chat com gente de outros lugares e ela não se esqueceu nunca mais. Eu olhava a tela como um gato olha para a vovó fritando as asinhas de frango, eu gostava do que via mas não entendia o que ela estava fazendo.

Naquele dia, quando o professor do laboratório se distraiu um pouco, Isora entrou no chat Terra e pediu que adicionassem iso_pinki_10@hotmail.com. Em seguida começaram a chegar muitos, muitos pedidos no méssinger dela. Tantos, que o computador bloqueou. Eu fiquei muito nervosa, achando que o professor ia perceber, mas Isora riu e me disse bem baixinho deixa de ser burra, shit, deixa de ser burra e começou a abrir algumas janelinhas, só as que interessavam a ela, porque a minha opinião não contava nunca, e começou o bate-papo.

isoritatuaputinha: oi

carlossion: oi td bem?

isoritatuaputinha: bem e vc?

carlossion: bem aki pasndo caloooor ;)

Põe que você tem que ir ali peidar e que você já volta, eu propus. E ela nem sequer me respondeu e continuou escrevendo.

isoritatuaputinha: sim q calor como o q eu tenho na xxta

carlossion: hehe sério? eu tbém tô quentinho

isoritatuaputinha: d onde vc é?

carlossion: móstoles e vc?

Nossa, e isso onde é?, eu disse a Isora. Acho que é tipo lá por Médano ou algo assim, ela me respondeu. Sim, lá por Médano. Eeehh, põe se ele é um piolho--de-cobra fedorento ou o quê, continuei. E de novo ela não me deu bola.

isoritatuaputinha: do sul

carlossion: qtos anos vc tem?

isoritatuaputinha: 25 e sou bem safadinha

carlossion: vc tem cam?

isoritatuaputinha: só ligo se vc ligar

carlossion: ok

isoritatuaputinha: ok

A gente não tinha câmera, mas ele sim. No quadradinho em que se via a motocross de carlossion apareceu um pinto gigante como uma bomba recheada de chocolate e com muito açúcar por cima. Era avermelhado e cheio de veias. Eu nunca tinha visto uma coisa assim e Isora estava se mijando de tanto rir mas na verdade eu sabia que estava com um pouco de medo. Tentei tapar a tela e dizia a Isora que por favor tirasse aquilo porque o professor estava se irritando.

carlossion: vc gosta putinha?

Sem ter como evitar, o professor se virou pra nós e caminhou até o nosso computador.

carlossion: está durinho p vc ;)

O professor todo suado feito um porco preto viu o pinto gigante de carlossion na tela e ficou vermelho vermelho corado, como dizia a vovó, vermelho de raiva porque ele era um homem pacífico que não gostava de querelas e nós já o tínhamos tirado do sério.

carlossion: taí?

carlossion: gosta?

Todos os meninos e meninas pequenos começaram a olhar a tela muito assustados. O professor nos levou até a porta do laboratório e nos disse que estávamos proibidas de ir ao laboratório durante o resto da semana. Eu comecei a chorar e lhe pedi por favor que ele não contasse à minha avó. Quando fomos embora Isora ainda estava rindo mas eu estava muito zangada. Ela me acompanhou até a casa da vovó mas eu não falei nada o caminho todo. Já era quase hora do almoço. No céu tudo era cinza, só nuvens, nuvens escuras como

a noite. Começou a serenar quando estávamos sentadas à mesa da cozinha com o prato de macarrão com
carne enlatada na frente. Reparei nas gotas de sereno
no vidro da janelinha e senti uma espécie de angústia.
Cruzes, que bruma mais asquerosa, disse a vovó. Isso
não é verão nem é nada, respondeu Isora.

carlossion: olá??

A musiquinha do
Pepe Benavente

Acho que está tendo um orgasmo, disse Juanita Banana. Quem?, perguntei. O padre, ele respondeu. Credo, e como você sabe?, eu disse. Porque Julio (Juanito sempre chamava seu pai pelo nome e nunca dizia papai) me disse que quando você gosta muito de uma mulher você tem um orgasmo e pode engravidar ela. Não seja burro, Juanito, disse Isora, isso acontece quando estão transando, não quando estão apaixonados. E eu, ao ouvir a palavra transar da boca de Isora, senti tipo uma cosquinha debaixo dos pés. Passamos a tarde toda brincando numas roças que havia atrás da igreja, em frente à casa da dona Carmen, bem do ladinho do cômodo em que a comissão se reunia para falar do programa das festas, para contar o dinheiro que foram pedindo e para assar carne e beber vinho, tudo isso com a musiquinha do Pepe Benavente ao fundo. Havia muita neblina. Dona Carmen estava com um chapéu, sentada numa pedra do lado de fora da casa, vendo como o cachorro mijava e cagava nos arbustos do lado de fora da entrada e nas margaças que cresciam selvagens nos bancos descuidados e nos trevos-azedos dos cantos dos muros, por isso a minha mãe me dizia que não comesse trevo-azedo da rodovia, que estavam com mijo de cachorro. Tínhamos passado a tarde toda brincando de vadios, que era uma brincadeira que Juanita Banana tinha inventado. Isora era a mãe e eu o pai de um menino de quinze anos que ficava o dia todo vendo filmes pornôs e bebendo clipper de morango e não fazia nada além de vadiar. Passamos o tempo todo brigando com o vadio, que estava jogado em cima do mato seco que havia nas roças, e ouvindo "El polvorete" repetidas vezes que vinha dos alto-falantes do quartinho da comissão, até que a bruma ficou tão insuportável que tivemos que correr do frio. Usávamos chinelos e calças curtas e saímos das roças todos cheios de amor-seco e com as plantas dos pés pretas como um tição. Passamos na frente do quartinho da comissão e Isora aproveitou para pedir ao presidente, que se chamava Tito e tinha uma barriga grande feito uma pedra com um umbigo redondo e saído pra fora que parecia um caroço de abacate, que se por favor podiam trazer Tony Tun Tun para as festas deste ano, porque se o pessoal de Redondo tinha levado ele no ano passado, o nosso bairro também tinha direito. Vamos ver se os tostões serão suficientes

116

pra isso, minha filha, e se não for um será outro, lhe respondeu, e deu um pedacinho de carne e um pouco de pão a cada um de nós e Juanita subiu todo contente pela calçada acima até a altura da igreja e nós duas atrás dele. Quando já estávamos passando ao lado dos balaústres que separavam a praça da rodovia, vi alguma coisa no olhar de Isora que reconheci bem rápido. Perto de nós tinha alguém se agarrando, sempre que havia alguém de agarramento ela ficava com esses olhos como que brilhantes, esse olhar de purpurina. Isora disse nossa, que farra é essa? Nos aproximamos um pouquinho pelas frestas entre os balaústres e de repente percebemos, quem estava se esfregando com um homem era Chuchi, a tia de Isora, mas não conseguimos ver quem era o rapaz. Um tempo depois entre smak e smak vimos a cara dele. Era Damián, o coroinha que vinha de El Amparo, que tinha uns seis anos a menos que Chuchi e de quem Isora sempre ria porque dizia que ele dava pra padre por ter o pinto pequeno, porque a bitch sempre dizia que os padres eram uns pinto-pequenos.

Juanito ficou em silêncio e muito pálido e um tempinho depois gritou aaaaah, é mesmo, os orgasmos não são nos beijos! Eu não lembrava, é mesmo, é mesmo! E batia nas próprias pernas com a palma das mãos enquanto dizia isso. Shhhhh, cara, cala a boca, Juanito, disse Isora, não está vendo que eles vão nos ouvir e vão pensar que estamos espiando? E Juanito pôs os dedos na boca fazendo como se fechasse os lábios com uma chave e me jogou a chave invisível pela fenda da bunda e eu afff, sai seu chato! Você está peidando, sua porca, ele me respondeu. E Isora continuou dizendo que Zuleyma, a do bar, tinha lhe contado que depois de transar as mulheres ficavam com a xoxota latejando. E disse *xoxota* e não *perereca* e eu me senti tão distante dela. Essa frase desceu pela minha garganta de um jeito ruim, como se eu tivesse ficado engasgada, como se fosse um pedaço de comida se arrastando pelo caminho errado, pelo caminho velho, como dizia a vovó. Percebi que Isora estava em outro lugar, um lugar que eu não conseguia ver nem sequer o começo e por um momento tive medo, medo de que ela se desse conta da minha inocência, de que se cansasse da minha cabeça assentindo e da minha boca se fechando. Cara, sabe o que o meu irmão Goyo me contou?, Juanito retrucou. Isora olhava com atenção como Damián padreco e Chuchi continuavam com a farra. Ele me disse que no colegial os meninos colocam a blusa na frente da mesa pra esconder que estão batendo punheta. Uff, que nojeira, disse Isora. E ele me disse também que, enquanto isso, quando piscam um olho pra uma menina é que estão pensando nela. Isora voltou a olhar para a tia e tirou a calcinha do meio da bunda. Bateu-lhe a comichão e de repente ela disse vem vamos subir. E se foi pela rodovia abocanhando o tiquinho de carne que lhe restava.

Na altura da venda, Isora pediu a Chela que nos fizesse uns sanduíches de linguiça *revilla* e queijo amarelo. Pegamos o sanduíche e Juanita disse tchau a Isora com a mão. Eu não disse nada porque outra vez fiquei muito triste de nos despedirmos, fui direto pela rodovia acima com o sanduíche na mão. Juanita vinha atrás de mim. Voltamos pra casa pela beiradinha, sentindo gotinhas cair do céu. Juanita repetia a todo instante essa garoazinha é o que deixa a gente doente, essa garoazinha é o que deixa a gente doente, como se fosse uma velhinha de oitenta anos. De repente na minha imaginação eu vi ele já velho, trabalhando no Sul, numa cooperativa de tomates, já quase careca e com um dentinho preto, imaginei ele entristecido em meio a um montão de homens rindo dele e ele dizendo sem parar abriguem-se meus filhos, abriguem-se, que essa garoazinha é o que deixa a gente doente, feito uma velhinha de oitenta anos, feito uma mulher velha.

Os olhos pretos como as plumas de um melro

Era o dia de Candelária e havia muita bruma. O céu era todo de nuvens e terra. Eu às vezes pensava que nós éramos os culpados por toda essa terra flutuando no ar: a camada de nuvens negras que tapava o céu não deixava fluir a nossa respiração e o ar ia se tornando pesado até que começávamos a ficar sufocados. Era o dia de Candelária, o dia favorito da Isora, o dia de sua Nossa Senhora moreninha, a que tinha sempre grudada na corrente do pescoço, a que ela punha na boca e chupe-chupe o tempo todo. Fui buscá-la com o raiar do dia e lhe levei um ramo de trevos-azedos bem amarelo que encontrei num cantinho da entrada da casa da vovó. Já não restava muito trevo-azedo, na verdade, porque à medida que o verão avançava, seus caules iam secando e já era preciso esperar até o inverno para que tudo ficasse amarelo e lindo e para que pudéssemos mamar os trevos como os cabritinhos da teta da cabra, muá muá, fresquinhos.

Dei o ramo de trevos-azedos pra Isora, lhe desejei felicidades e contei que Saray tinha ligado no número da vovó pra saber se íamos brincar na piscina. Saray tinha uma piscina de plástico gigante. Seu pai a montava na roça que havia ao lado da casa, que não era de ninguém, que não tinha dono. Enchiam-na no começo do verão com água da cisterna e embora de vez em quando jogassem um pouquinho de cloro trazido por Gracián (o das sobrancelhas grossas como taturanas, que trabalhava nos hotéis do Sul limpando as piscinas), conforme o verão ia avançando a piscina ia ficando verde, verde e empoçada, cheia de musgo e bichos mortos e salientes, que no começo eram pequenos e depois grandes feito os amborés das poças salgadas.

Isora e eu adorávamos ir à piscina de Saray, mas a gente só podia ir quando ela nos convidava, porque a casa de Saray não era como a venda, onde se podia aparecer à porta do nada. Quando íamos brincar de afogadas e salva-vidas, que era a nossa brincadeira preferida na piscina de Saray, sempre tinha uma que se afogava e duas que eram as salva-vidas. A que se afogava tinha que segurar a respiração embaixo d'água até ficar bem tontinha mesmo e aí as salva-vidas iam salvá-la. Eu, na verdade, não gostava muito de ser a afogada porque às vezes eu levava isso tão a sério que segurava a respiração até que a minha cabeça virava um tambor, doendo muito, na verdade. Também se ficávamos por muito tempo embaixo d'água, quando saíamos a nossa cara estava verde do musgo e vovó brigava.

Também gostávamos muito de ir à piscina da Saray porque os pais dela tinham um bar em El Amparo. Um bar de sanduíches. Quando voltavam do trabalho tarde da noite, nós já mortinhas de fome e com sono, eles traziam sanduíches e *papas locas* para nós três. Por isso aguentávamos ficar na casa da Saray até bem tarde, pra comermos os sanduíches e as batatinhas com molho de todas as cores. Isora adorava o croas sã com ovo, carne, queijo e salada, e eu, o sanduíche de carne de porco e queijo. Pra Saray sempre levavam uma *arepa* de queijo e presunto apenas, porque a coitadinha tinha o estômago delicado, como dizia a minha mãe, ela tinha a barriga destruída de tanta fritura do bar, a coitadinha, que por isso Isora dizia que ela era a que andava cagando por aí, e não as bruxas de El Paso del Burro. Depois, quando acabávamos, Isora e eu ficávamos empanturradas feito piolho-de-cobra e quase sempre ela acabava vomitando num cantinho da roça da piscina, rucurru-curru, feito um cachorro com pigarro.

O meu pai dizia que Saray era um pouco esquisita porque os pais a tratavam como se ela fosse um bebê. Ela tinha dois anos a mais que a gente mas às vezes parecia que tinha quatro a menos. A verdade é que a que melhor se dava com Saray era eu, e não Isora. Eu ia com mais frequência brincar com ela e a conhecia melhor, sobretudo porque a casa da Saray ficava bem pertinho da minha. Em geral todo mundo gostava mais da Isora do que de mim: porque ela era mais sabida, mais atiradinha, tinha mais vivacidade e falava mais. Sabia como conversar com os adultos e com os jovens também, e eu não. Saray era a única que preferia a mim.

Naquele dia, Saray estava mais grudadinha em mim do que nunca. Quando brincávamos de afogadas e salva-vidas ela sempre queria que nós duas fôssemos as salva-vidas e Isora a afogada, e Isora não via nem um tiquinho de graça nisso. Ela fez a afogada duas vezes por pura obrigação, porque sempre estava acostumada a ser a que decidia as coisas nas brincadeiras e dessa vez quem decidia era Saray, porque a piscina de plástico era dela e o terreno era dela, ainda que não fosse de verdade dela e sim que era arranjado. Já na segunda vez que Isora teve que fazer a afogada ela saiu da piscina com a cara verde de musgo e muita raiva. Parecia um peixe podre e zangado. Eu tô fora, cara, nunca mais vou ser a porra da afogada, otária, disse Isora como que uivando. Tudo bem, tuuudo bem, respondeu Saray. Pois agora vamos brincar de modelos, sentenciou. A brincadeira de modelo era uma brincadeira que Saray tinha inventado e que consistia em que uma de nós era superlinda por um dia e podia pôr as roupas da mãe de Saray e se maquiar e desfilar pela escada da casa dela, que era de caracol e a verdade é que a gente adorava essa escada. Isora e eu sonhávamos em ter uma escada de caracol quando fôssemos grandes e vivêssemos as duas na mesma casa com os nossos maridos.

Saímos da piscina e desse jeitinho mesmo molhadas e tudo como estávamos e sem chinelo entramos correndo na casa da Saray e subimos a escada de caracol até chegar ao quarto de casal. Ali, Saray abriu a última gaveta do armário da mãe. Havia muitos vestidos de cetim e brilho e lantejoulas e franjas, tudo isso de quando a mãe da Saray era jovem e trabalhava nos hotéis do Sul como ajudante de um mágico, por isso Saray sempre dizia que a sua mãe era famosa. E enquanto Saray estava tirando os vestidos mais sékissis da última gaveta do armário da mãe, Isora estava mordiscando a correntinha de Nossa Senhora da Candelária de nervoso. Saray pôs todos os vestidos sobre a colcha de cetim fúcsia da cama de casal e se virou pra nós. A que vai ser a superlinda por um dia ééééé aaaa... você, e apontou pra mim. E aí sim é verdade que eu fiquei muito nervosa porque eu preferia de todas todinhas as maneiras que Isora fosse a superlinda por um dia, porque eu sabia que ela não ia gostar nem um tiquinho que Saray me escolhesse depois do que aconteceu na piscina. Pssssssffffffff, é sério? Mas se hoje é o dia da minha santa, cara!!! Tô fora, tô fora de brincar com vocês porque vocês são umas egoístas, cara, isso não se faz, disse Isora com os olhos saltando pra fora de raiva. E entrou no banheiro que havia ao lado do quarto de casal e fechou a porta. Agora você se senta aqui e eu te maquio, me disse Saray. E como eu estava paralisada de medo por causa do que tinha acabado de acontecer, me sentei na cadeira da penteadeira de Saray e deixei que ela fizesse o que lhe desse na telha.

Depois de ter lançado em mim todas as cores berrantes que existiam dentro da necessér de maquiagem e de ter me obrigado a experimentar uns seis vestidos, Saray me disse que eu já podia ir, que estava cansada e ia dormir um pouquinho. Eu não entendia como uma criança conseguia dormir de dia feito um bebê de três meses, mas a obedeci, tirei a roupa e fui bater na porta do banheiro, atrás de Isora. Iso, vamos, que a Saray vai dormir. Hoje não vamos ficar pros sanduíches?, ela me perguntou detrás da prancha de madeira da porta. Não, ela diz que está cansada. E Isora abriu a porta e saiu direto para a escada de caracol sem esperar por mim. Eu segui ela. Na entrada da casa da Saray havia um espelhinho. Vi que a minha cara estava horrível. Os lábios borrados e os olhos pretos como as plumas de um melro. Com a cara toda cheia de manchas cheguei correndo até Isora. Ela ficou me olhando e me disse que esperava que tivessem me pintado para o dia da Candelária. Ela parecia mais calma, esquisita, triste talvez. Tinha os olhos no lugar. A correntinha apoiada no lábio de baixo, tão apertada contra o pescoço que quase feria a pele. Ela olhava para o asfalto o tempo todo, dava chutinhos nas pedrinhas e suspirava. Tirava a calcinha do meio da bunda e suspirava. Chegamos até a porta da vovó e ela ficou quieta, com os braços grudadinhos ao corpo, com os braços rígidos feito dois pedaços de pau. Shit, você é minha amiga?, ela me perguntou. Claro, você é a minha melhor amiga, respondi. Não, não, é sério agora. Você é minha amiga de verdade?, prosseguiu. Eeeei, sim, eu sou sua amiga. Passaram uns gatos amarelos correndo pela rodovia e olhamos pra eles. Ela suspirou de novo e desenfiou a calcinha. Você acha que a minha mãe era bonita?, ela me disse de repente. Sim, a sua mãe era muito bonita. Ela está superbonita na foto da mesinha de cabeceira. Sim, ela tinha os cabelos lisos como uma baba, mais lisos que os meus, ela me respondeu. E se virou e foi andando rua abaixo. Eu a observei descer em zigue-zague, com aquela espécie de manqueteira que ela ganhava de tanto coçar a bunda a cada três passos. Já na altura do cruzamento ela se virou, devagar, se virou devagar como um homem velho com bengala e gorro da loja de ferragens Los Dos Caminos. Shit, me acompanha até a casa da Melva, por favor, que eu sempre te acompanho.

Edwin Rivera

Os meninos sempre me davam nojo mas eu achava que tinha que me apaixonar por eles. Uma vez, antes de dormir, quando as corujas estavam chorando atrás da janela, e eu pensava que as corujas eram as bruxas do monte transformadas em pássaros, o meu pai me disse pra eu pensar em coisas bonitas, porque se eu pensasse em coisas bonitas e coisas que eu gostaria que acontecessem comigo, eu ia conseguir dormir. Lembro que comecei a pensar num menino da escola de quem eu achava que gostava como se fosse o meu namorado e imaginei que a gente ia andando pela rodovia acima, de mãos dadas num dia de muito sol e funcionou, acabei dormindo. Então comecei a fazer isso todas as noites seguintes e continuava funcionando. Só isso funcionava, mas na verdade os meninos me davam bastante nojo, nojo como me dava nojo o fedor do caminhão de lixo subindo a rua da igreja quando estávamos brincando, nojo como me davam nojo os vermes brancos que saíam das latas de lixo e do cu dos cachorros e dos gatos, que a vovó me dizia que se eu comesse muito chocolate La Candelaria os vermes brancos iam sair de mim, nojo como me dava nojo a água suja que saía por baixo dos sacos de lixo, nojo como me dava nojo a sujeirinha que a minha mãe tirava do umbigo e depois cheirava quando ninguém estava vendo e que fedia como se tivessem guardado um rato atropelado numa caixinha por quatro anos. Eu pensava que quando fosse grande ia querer um namorado como Jerry Rivera, grande assim como um armário, com a cara barbeada e lavada e os cabelos penteados pra trás, lambidos com água também. Ou como Edwin Rivera, o seu irmão, que era bonito igual, mas um pouquinho menos. Mas quando eu fosse grande. Pequena, eu não queria que os meninos se aproximassem de mim.

Nesse dia Iso e eu descemos para a venda pelo caminho de terra que passava pelo Roça Coles Futebol Clube e lá estavam Ayoze e Mencey disparando boladas de um gol ao outro. Os gols eram feitos com quatro pedras, duas e duas de cada lado. Isora passou pelo meio do campo e eles começaram a gritar coisas e eu não queria passar pelo meio porque eu tinha medo de que me acertassem uma bolada, mas como Isora passou eu fui atrás dela como se não houvesse nada. Foi tudo muito rápido. Quando chegamos à outra ponta do campo, Isora já lhes tinha dito que sim, que ficávamos para jogar com eles. Eu não queria jogar com Ayoze e Mencey, porque como me acontecia com todos os meninos menos com Juanita Banana, eu tinha nojo de estar com eles. Eram brutos e só queriam brincar de pega-na-bunda, mas Isora também era bruta e por isso talvez naquele dia quisesse brincar com os meninos, porque ela já estava cansada de brincar de barbi e de criticonas e de casinha e de superlindas e de vadios e queria brincar de jogar boladas nos pássaros ou explodir coisas pelos ares. Foi tudo muito rápido, tão rápido que sem perceber eu já estava montada na garupa da bici de Mencey e Isora na de Ayoze. Eles nos levaram a um lugar pra baixo da venda, bem mais adiante do bar do Antonio. Era uma plantação gigante de batatas que tinha umas samambaias enormes no final, como uma mata em que não havia pinheiros e sim samambaias. Uma mata feita pra criancinhas.

Eram umas sete da tarde de um dia de meados de agosto. Quando chegava essa hora o sol começava a bater nas costas de El Amparo e não ficava mais escondido atrás das nuvens acinzentadas. Deixamos as bicis jogadas no início do terreno e saímos correndo feito cabras por cima da plantação de batatas, que era grande como um campo de futebol, correndo correndo e conforme corríamos feito cabras íamos arrancando trevos-azedos e enfiando dentro da boca. Isora chupava eles e Ayoze e Mencey chupavam, mas eu mordia e me dava um ardidinho no céu da boca, um calafrio por todo o corpo, e corríamos mais rápido, mais rápido ainda, pulando por cima das batatas e subindo nas pedras feito cabras, mas, como dizia a vovó, as cabras sempre vão em direção ao perigo.

Quando chegamos ao final da plantação e já tínhamos destroçado todos os sulcos de batatas, freamos de repente e trombamos com os meninos e eles disseram que demais!, olhando como eram altas as samambaias. Então eles se agacharam e começaram a caminhar de quatro por baixo das plantas de alcaçuz. Continuaram e continuaram até que desapareceram da nossa vista e a mata de samambaias já tinha engolido eles. Olhei pra Isora e engoli saliva e a minha saliva era seca e a pele de dentro da minha boca estava áspera por causa dos trevos. Isora se agachou e começou a entrar dentro da mata de samambaias e me disse vem, shit! Não, Iso, se eu chegar tarde em casa vou levar bronca e ela me disse vem, shit, não seja burra. Olhei o céu e na montanha de El Amparo já se via o sol brilhando bem forte. A luz arranhava os meus ombros e eu já sabia que quando o sol brilhava tão forte dali a pouquinho o dia começava a ir embora. Mas me agachei e segui Isora. Eu segui ela porque ficava angustiada de me afastar dela, de não ver mais ela até o dia seguinte. A mata de samambaias foi nos engolindo, primeiro Isora e depois eu.

Ouvíamos os meninos gritando e rindo mais à frente mas não encontrávamos eles. Avançávamos como dois cabritinhos perdidos procurando pelas mães e eu sentia como as pedras se cravavam nos meus joelhos e as folhas das samambaias se emaranhavam nos meus cabelos e às vezes se enredavam tanto que eu gritava. Na frente da minha cara estava a bunda de Isora com uma calça de moletom cortada nos joelhos e justa até não poder mais. A calcinha rasgada de florzinhas vermelhas e brancas ficava marcada por trás e transparecia e ela tinha a bunda grande e eu gostava de ver como se movimentava, com o cofrinho pra fora, como dizia a minha mãe, tolóm tolóm pra lá e pra cá. Ela se movimentava tão rápido e tão bem que parecia que tinha passado a vida inteira engatinhando em meio a uma mata de samambaias.

No fim do túnel havia um aterro quase vazio que tinha quatro figueiras e uma montanha grande de entulho. Os meninos estavam jogando pedras nos figos e os observavam cair e estourar no chão sem parar de rir. Isora respirava acelerada. Mencey tomou impulso e saiu correndo pela ribanceira de entulho acima e Isora o seguiu sem me dizer nada, sem olhar pra mim. A raiva fervia aqui dentro. Ayoze me disse cara, deixa eles que são uns otários, vamos comigo pra um lugar bem lindo que tem atrás das figueiras. Eu não tinha vontade de ir com ele, não tinha vontade de estar ali, não queria ver o sol baixar até encostar na ponta das costas de El Amparo. Estava ficando tarde e eu só queria pegar Isora pelos cabelos e matá-la, agarrá-la pelos cabelos e arrastá-la pelo chão, apertá-la, apertá-la como se aperta um lagarto, como quando os gatos eram pequeninos e eu amava tanto eles e eles me ignoravam e eu só queria amassá-los até fazer seus olhos girarem.

Dava pra escutar os gritos e as risadas da Isora e do Mencey de longe e eu continuava andando atrás do Ayoze, sem vontade, como quem vai mijar no meio da madrugada e é um morto que anda pelos corredores da casa. Chegamos a um muro de pedra gigante que tinha um buraco escuro. Ayoze disse para entrarmos, que era legal e dava frio. O buraco no rochedo era uma espécie de caverna com um monte de agulhas no chão. Fedia a cabra, a cocô de gato, àquela divisão que os cachorros têm nas almofadinhas das patas. Deita no chão, me disse Ayoze. Por quê?, perguntei. Porque sim, ele disse. E eu me deitei e ele se jogou em cima de mim e senti o seu peso sobre o peito como uma laje fria, as pedrinhas do solo pinicando as minhas costas. A boca dele cheirava a ovo cru, aos ovos quando a gente pegava do galinheiro e tinham manchinhas de titica e a vovó me mandava escolher um pra fazer frito pra mim e eu ia tocando em todos e cantando uni, duni, tê, sala-me minguê, e no que caía ela fritava.

Desceu uma baforada de merda de gato que parecia vir do vulcão e percorreu o chão da caverna. Me mexi um pouco porque o nojo já estava me dando pontadas no estômago como uma bolada no centro do tronco, mas o menino apertou ainda mais o seu corpo contra o meu e senti que estava fazendo alguma coisa com as mãos. O vento assobiava. Tenho que ir embora, que a minha mãe vai brigar. Um tiquinho mais, abaixa a sua calça pra eu ver uma coisa. Porfa, é sério, Ayoze, a minha mãe vai ficar brava. É só um segundinho, ele respondeu. E eu abaixei a calça e ele tirou a minha calcinha e pôs na altura das coxas e então eu me lembrei de uma vez que sonhei que Isora me dava uma banheira cheia de gatos e que eu, em vez de tomar banho com água, me banhava com os pelos dos gatos e depois não tinha mais pelo de gato na roupa, e de repente senti uma coisa mole entrando na perereca e achei que tinha me dado um nó nas tripas, como uma espécie de agonia, como quando o meu pai comeu um cacho inteiro de nêsperas e um sanduíche de queijo branco e passou mal até vomitar e ter caganeira e a minha mãe lhe dizia que não se podia misturar leite com nêsperas e se a pessoa fosse dormir depois de comer dava nó na barriga e Ayoze respirava feito um cachorro de língua pra fora de ficar o dia todo debaixo do sol forte, um cachorro escangalhado, como dizia o meu pai. Toby, idiota!, escutamos um homem gritando e Ayoze ergueu rápido a calça apoiando o peito contra o meu. O fedor de ovo entrou dentro do meu nariz como quando a pessoa cheira uma coisa da qual sabe que sempre vai se lembrar, mesmo que passem e passem os anos e, tirando forças do medo que me devorava por dentro, eu também ergui a calcinha e a calça. Ayoze estava com a roupa toda suja de terra. Dava pra ver em suas pernas os pelinhos que começavam a nascer nele como tachinhas. Eu me levantei e comecei a tirar um a um os amores-secos e carrapichos da camiseta. Toooooooby, ouvimos gritar de novo. Isora e Mencey desceram a ribanceira correndo e chegaram onde estávamos. Iso, vou embora, eu disse. Iso, vou embora, e mais nada, e fui andando pela margem da plantação, sem atravessar a mata de samambaias. Quando cheguei onde estavam os sulcos de batatas e olhei pra trás o sol estava se agachando por trás das costas de El Amparo. As nuvens se abriam para deixar passar a luz e tudo estava laranja, os pinheiros, as plantas das batatas, a terra, o mar, que me dizia onde o mundo acabava a essa hora da tarde.

Meio quilo de cada batata

No dia seguinte ao da mata de samambaias eu não fui à casa da Isora. Estava com as coxas e a perereca cheias de carrapatos e pulgas e o meu corpo todo coçava. A vovó passou a manhã inteira tirando eles de mim e toda hora me perguntava em que merda eu estive metida, com certeza atrás de cachorros abandonados imundos e cheios de pulgas, porque senão como eu podia explicar de onde veio tanta pulga. E de escutar o estouro das pulgas explodindo nas unhas ásperas da vovó e a vovó tossindo e dizendo este pigarro me mata, estou estropiada, minha filha, dei pra chorar sem parar, como quando caí num canteiro de gerânios e roseiras e me lanhei toda e não sabia fazer outra coisa a não ser chorar. E de me ver chorar e chorar sem outra explicação que não fossem as pulgas e os carrapatos na perereca e nas pernas, a vovó se amargurou toda e começou a me dizer minha filha você tem que ir se benzer porque tenho pra mim não sei por que que o que você tem é encosto, está muito pálida. E eu já sabia, dentro do meu peito eu sabia, que as pulgas e os carrapatos e o medo eu tinha encontrado dentro da caverna, quando Isora me deixou sozinha, quando Isora me deixou sozinha para ir por aí com um menino nojento.

No dia seguinte ao da mata de samambaias, eu não queria ver Isora. Só de pensar no nome dela me subia uma coisa ruim até a boca do estômago. Passei a manhã inteira vendo a vovó labutar, como ela dizia. No café da manhã tomamos uma xícara de leite com pão e manteiga. O pão quem trazia era a padeira e tinha erva-doce. Eu não gostava de erva-doce e a vovó tirava ela com os dedos. Demos de comer às galinhas, descascamos batatas na frente da tevê. A vovó sempre ficava nervosa quando me via descascá-las. Dizia que eu tirava meio quilo de cada batata. Mas eu continuava descascando com os olhos no *Texas Ranger*, que era o que a vovó mais gostava de assistir. Na hora do almoço, o tio Oví saiu do quarto e comemos batatas com asinhas de frango fritas e molho. Eu me lembrei de como Isora comia as coxinhas da vovó, de como ela abria e fechava a boca feito um cachorro fraco, um cachorro perdido na mata e que fica semanas sem comer e engole comida podre no lixo sem mastigar. Isora comia fazendo um ruído muito forte, os seus dentes eram pés pisando o musgo de uma poça sem água.

Quando acabamos de almoçar, o tio Ovidio fechou-se outra vez no quarto para ver filmes de Cantinflas, que eram sua coisa favorita além das novelas e de *Corazón, Corazón*. Na tevê já estava passando a novela e eu comecei a sentir de novo a coceira das picadas na pererega e nas coxas. Apertei os punhos com força. As minhas pálpebras tremeram por causa do esforço pra não me coçar. Na minha cabeça me veio a imagem de Isora subindo pela ribanceira com Mencey. Pensei em quando os filhotinhos de pombo são frágeis e inúteis e caem do ninho porque o seu irmão bem alimentado os jogou pro ar e eles se espatifaram no chão. Eu era isso, um pássaro desplumado e cheio de pulgas, um pássaro com o coração cansado e o bico aberto, o bico aberto à espera de Isora, das suas palavras, do cheiro de pão queimado das pontas dos seus cabelos, o preto e o podre que havia dentro das suas unhas rentes como a maré baixa se arrastando contra as rochas. Me bateu vontade de chorar, de que a vovó me desse colo como se fazia com uma criancinha e de que passassem logo esses dois ou três dias em que eu tinha decidido ficar sem falar com Isora, porque eu já estava sentindo falta dela. Sempre que eu estava zangada com Isora, eu gostava de imaginar uma desgraça acontecendo comigo. Pensava em quebrar uma perna ou em queimar o braço no forno só pra que ela percebesse como eu era importante na sua vida. Em vez de me queimar ou me quebrar, cocei por cima da calcinha até deixar as picadas fervendo como o vulcão. Enquanto isso a vovó descascava mais batatas para o jantar. Da cozinha se ouvia a risada aguada do tio Ovidio, a sua risada como que de peixe se afogando. Tio Ovidio sempre triste, tio Ovidio sempre cambaio, rindo sozinho quando passava a novela ou quando assistia os filmes do Cantinflas.

E então o telefone tocou e fui correndo para atendê-lo. Era ela. Senti a sua respiração como uma fisgada, ela estava com uma voz de quem está comendo jujubas escondida, voz de ramster com quilos de semente de girassol na boca e me disse shit, vem amanhã pra brincar no canal? E embora eu tivesse me proposto a odiá-la eu disse que sim e teria dito que sim mesmo que ela tivesse andado em cima das minhas costas com sapatos de salto, ainda que tivesse me cuspido nos olhos, ainda que. Desliguei e ao fundo continuavam as risadas do tio Ovidio enquanto eu voltava à cozinha. Olhei pela janela e pensei em por que tio Ovi estava havia tantos anos trancado, tantos anos doente, doente da cabeça, como dizia a minha mãe, doente de psicótico, psicotismo, dizia o meu avô muitos anos antes, quando eu era pequenininha e vovô ainda não tinha ido embora. E vi o mar, o mar e o céu que sempre pareciam a mesma coisa, a mesma massa cinza e espessa de todos os dias. Pensei que a tristeza das pessoas do bairro eram as nuvens, as nuvens grudadas na ponta do cangote, na parte mais alta da coluna vertebral, na hora da novela.

Uma faca no tronco

O céu amanheceu tão coberto que nós, os moradores do bairro, estávamos ansiosos para que chovesse ou fizesse sol, mas que por favor não continuasse ameaçando sem fazer uma coisa ou outra. Às vezes queríamos chuva como quem pedia que lhe cravasse uma faca no tronco por estar agonizando, como quando os gatos comiam o rabo e as patas dos lagartos ou arrancavam a cabeça deles e eles continuavam se remexendo no chão como se ainda não tivessem morrido de verdade e pudessem continuar vivendo sem cabeça. Assim como os gatos continuavam brincando com elas enquanto agonizavam, do mesmo jeitinho sentíamos que o céu estava se divertindo com a gente. Quando os lagartos e as lisas-douradas estavam sofrendo, a vovó lhes desferia uma pancada com um pedaço de pedra e os esmagava contra o chão. Eles morriam na hora e eu dizia baixinho que peninha, mas a vovó me dizia que não, que estavam sofrendo e o que queriam era que os matassem.

Os dias tinham transcorrido, e eu guardava a recordação da mata de samambaias num quartinho da minha cabeça. Isora e eu éramos amigas como sempre, mas havia alguma coisa dentro de mim, sob os meus olhos, dentro dos meus ouvidos, que me impedia de estar completamente feliz. As coisas que Isora fazia me incomodavam. Eu sempre tinha admirado a maneira como ela se movimentava, tudo o que dizia, o som plástico dos seus tênis ao pisar o asfalto, a chicoteada seca da sua calcinha estalando contra a bunda quando ela a tirava do meio. Mas naqueles dias, não. Naqueles dias tudo o que Isora fazia me desagradava. Se soltava um peido, eu a odiava, se ela dizia shit, não seja burra, eu queria arrancar a cabeça dela, se andava muito depressa e me deixava pra trás enquanto subia a ladeira, eu pensava em agarrá-la pelos cabelos e arrastá-la pelo chão, arrastá-la desde lá de baixo da rodovia até lá lá em cima onde só havia pinheiros. Todos aqueles dias eu continuava amando ela mas ao mesmo tempo a odiava, a odiava tanto, com tanta força, que, no fim das contas, claro.

Nesse dia de céu encoberto Isora não me telefonou. Ela apareceu sem avisar e atirou uma pedrinha bem pequena no vidro da janela da cozinha da vovó. A vovó deu um salto na cadeira e pôs a mão no peito, como se fosse acontecer alguma coisa ruim. Credo, menina, que fuzuê foi esse?, disse ela olhando pra janela. Acho que é a Isora, respondi. Me estiquei por cima do balde de água da cisterna e ali estava ela: sob o céu escuro, o céu que lhe fazia sombras no corpo, que a fazia parecer uma pessoa antiga, tipo de mil anos. Eu não estava com muita vontade de estar com ela mas dei duas batidinhas com o punho no vidro e saí. Ela disse shit, vamos pra informática e falamos um tiquinho pelo méssinger com as pessoas da sala.

Depois de um bom tempo fingindo que prestávamos atenção ao professor do laboratório, que já tinha nos perdoado pelo pinto gigante do carlossion, Isora abriu o méssinger com muito cuidado e começou a dar oi pra todo mundo da classe que tinha méssinger, que eram umas quatro pessoas ou por aí. Quando já tinha passado um tempo dizendo oi td bem? o q tá fazendo? aqui de saco cheio e vc? e vc td bem? eu td bem, Isora abriu a janelinha do chat do Terra sem me perguntar e aí sim que me saiu toda a raiva que eu tinha guardada nesse quartinho do meu cérebro. O que você está fazendo, Iso? Você disse que a gente não ia fazer isso de novo, eu disse tentando conter a voz. Deixa de ser burra, shit, um tiquinho mais. Deixa de ser burra, deixa de ser burra, ela respondeu. E então eu vou à merda, respondi. Deixa de ser burra, ela continuou me dizendo. E então eu gritei burra é você. E o professor do laboratório veio até o nosso lugar e ficou um tempo parado nos olhando bem nos olhos, com os braços cruzados, com

143

as manchas de suor enormes da camisa fedendo a cachorro morto e nos disse que não ia mais deixar a gente entrar, que ele era um homem muito pacífico e que não gostava de querela e que nós estávamos o dia todo incomodando os outros, causando problemas e sem prestar atenção. Me levantei irritada e saí pela porta feito uma rajada. Isora saiu alguns segundos depois e quando a vi, quando a vi com aquele sorrisinho cínico, com aquele sorrisinho que esticava o furinho do queixo e a pinta do queixo e o pelo que tinha cravado em cima da pinta do queixo, joguei ela contra a parede, empurrei ela com todas as minhas forças. E ela me disse o que você está fazendo? Ficou louca ou o quê? Me devolveu o empurrão e ali eu peguei ela pela pele de um braço e retorci até que ela uivasse feito um animal moribundo. E com isso ela me pegou pelos cabelos e me deu uma sacudida. Vieram todos os kinkis, que ficaram vendo o espetáculo e começaram a gritar manda ver! Arrebenta a cabeça dela! Esmaga ela no chão! Dá um chutaço nas costas! Então o meu sangue ferveu com tanta força que agarrei Isora pelos ombros e lhe mandei uma mordida com a boca aberta no pescoço todo. Os kinkis continuavam gritando e eu notava que a raiva de Isora já estava como uma maré incontrolável. Nesse momento, bem nesse momento percebi que eu não queria fazer mal a ela, que queria parar como fosse possível. Mas tudo aconteceu tão rápido, que não me lembro bem se consegui lhe dizer que parasse. Isora ergueu o punho pesado, levou da lateral do corpo até a minha cara. Manteve-o suspenso no ar só por um instante, só para que ficasse gravada na minha memória a forma dos seus dedos morenos encolhidos. Deixou cair o punho. Deixou cair como se fosse no focinho de um porco, como quando tonteavam um porco para depois matá-lo. Fiquei sentada no chão. Olhei as nuvens do céu e eram como chumbo. Enormes, lentas, quase prateadas de tão acinzentadas. Alguém gritou ai Deus, aleijaram a menina! Vi o sangue cair sobre as minhas coxas. Era brilhante, feito bolinhas de gude de purpurina vermelha derretidas, como o esmalte velho da minha mãe. Na boca, o gosto do jarro de água do tio Ovi, minha boca tinha o gosto da boca de Isora quando nos beijávamos atrás do centro cultural.

Como quando Isora não existia

Eu já tinha passado dois dias seguidos jogando gameboi sem parar depois da briga com Isora no laboratório. Eu já tinha passado dois dias inteirinhos quase sem falar, com uma dor horrível do murro na boca e com outra dor no pescoço de manter o corpo rígido rígido de jogar pokémon pra não ter que pensar. Eu na verdade não sabia jogar pokémon direito. Em geral era Isora quem me explicava. Quando ela não estava, eu me concentrava em brigar com centenas e centenas de raticat de dentro das plantas como um squirtel que um dia Isora chamou de PINTO-BOBO. A vovó passou o dia todo me dizendo pra sair um tiquinho lá fora pra claridade, que eu estava mais pálida que um peido, que não podia ser tanto ensimesmamento aí dentro, mas eu continuava e continuava vamos que te pego com os raticat e entrando e saindo de ginásios de pokémon e lendo e relendo as mesmas conversas com os mesmos manés da mesma tela e com a dor na boca com os lábios todos inchados como uma mulher que acaba de operá-los, só pra não pensar no que tinha acontecido entre Isora e eu.

Na manhã do terceiro dia, quando peguei o gameboi e pus na mesa da cozinha enquanto a vovó tirava a erva-doce do meu pão, ela disse minha filha, vai me comprar um tico de queijo, presunto e um tico de pão que eu estou imprestável pra descer andando com essas minhas pernas. E primeiro pensei que por nada no mundo eu queria ir até a venda e ver Isora de novo, que ainda sentia dor na cara por causa da pancada, que o meu coraçãozinho estava destroçado em mil pedaços e que ia ser difícil juntá-los de novo, que só de pensar nos gritos dos kinkis e na cara da Isora, Isora como se tivesse me matado com um balaço no meio de uma mata chuvosa, me revolvia inteira por dentro. Mas reconsiderei e pensei que também seria bom que Isora me visse indo comprar na venda da sua avó, eu sem nenhum problema por ela não ser mais minha amiga, nem eu dela, e que soubesse, que ficassem bem claro, que eu não pensava em perdoá-la e que para mim tanto fazia a sua presença, que era capaz de ir comprar um tiquinho de pão e um tiquinho de embutidos com ela ali na minha frente me vendo chegar pela porta, me vendo chegar com aquela cara de pato topetudo que ela tinha.

Saí pela rodovia abaixo com a matracada dos trezentocinquenta gramas de presunto e dos duzentoscinquenta gramas de queijo na cabeça, que a vovó acabava de me pedir. Havia a bruma de fins de agosto. O céu continuava coberto como sempre por uma camada cinza e cansativa de nuvens baixas. Quando a vovó me dizia os gramas de embutido que eu tinha que comprar, bem nesse exato momento eu começava a repeti-los na cabeça o tempo todo pra não esquecer. Muitas vezes acontecia que, quando eu chegava à venda, via Isora e começava a conversar com ela e não repetia mais dentro da minha cabeça os gramas de embutido e então tinha que ligar pra vovó do telefone da Chela pra poder saber quanto era que tinha que levar de cada coisa. Mas naquele dia não, naquele dia eu estava certa de que não ia me esquecer porque a minha intenção era que Isora visse que eu não tinha nenhuma necessidade de lhe dirigir a palavra.

Quando cheguei na altura da venda, o Simpson estava arrastando a bunda pelo chão como se algo dentro das suas entranhas estivesse pinicando e ele quisesse coçar tudo bem coçadinho contra o asfalto. Ri por dentro. Isora e eu adorávamos quando o Simpson fazia isso e gritávamos vai lá Sinsin, raspa a bunda! Mas me segurei porque queria parecer muito séria ao entrar pela porta da venda. Chela estava despachando um bêbado conhecido como Ramoncín e que tinha comprado cinco caixas de vinho tinto e tinha posto todas em filinha, uma atrás da outra no balcão, como se estivesse brincando com soldadinhos. Chela estava anotando as caixas de vinho na conta dos fiados da esposa dele, que já tinha quase uma página inteira escrita, e que andava sempre vestida de preto por causa do luto do pai e andava o dia todo chorando porque o marido deixava ela ainda mais amargurada, coitada. Chuchi cortava embutidos com a cabeça baixa e escutava as mulheres do bairro falando mal dos outros com a mãe. E lá, lá no fundo, no fundinho do canto de trás da venda estava Isora. Eu a vi e senti um tapa na testa. Ela usava um shorts de moletom, com furos nas coxas, e a mesma blusa de sempre com as melancias com pintinhas pretas estampadas, a mesma blusa que a fazia suar feito um porco velho. Era ela, mas parecia outra pessoa. Uma pessoa mais velha, com muitos anos mais e muito mais bonita e mais séria. Eu me perguntei como diabos alguém podia ter mudado tanto em apenas três dias. Oh, minha filha, como está a boca?, me perguntou Eulalia, que estava esperando que Chuchi lhe desse os embutidos. Bbbbem, eu respondi baixinho e muito sentida, com uma voz trêmula de infeliz, e dirigi o olhar para o canto em que Isora estava colocando as latinhas de milho. Ela não alterou nem um pouco a sua expressão, nem sequer mudou a postura. Escutou a minha voz como quem ouvia o silêncio. Chuchi e Chela também não me olhavam na cara, não me disseram nem espero que você apodreça. E eu supus que a briga era uma vergonha pra elas, elas que eram tão famosas e da região central do bairro.

Eu me aproximei do balcão de embutidos e como se vomitasse soltei tudo de uma vez, tudo junto e sem pausa, trezentocinquentadepresunto, duzentocinquentadequeijo. Hein????, me disse Chuchi como que com um asco infecionado na garganta. Caramba, essa menina é abobada e a mãe não sabe!, gritou Chela enquanto continuava a anotar na caderneta de fiados. Põe quatrocentos de presunto e trezentos de queijo. E Chuchi abaixou a cabeça e começou a cortar. Soava o zumbido da máquina movendo-se sobre a bola de presunto e olhei de novo para Isora. Ela seguia sem se abalar com a minha presença. Eu estava doida pra que ela me olhasse e eu afastasse o olhar, pra mostrar a minha cara de ódio, pra que ela visse como tinha deixado a minha boca destroçada. Mas ela não me olhou nem por um instante. Chegou Melva, a que vivia em cima da venda, e ela e Chela e Eulalia começaram a fofocar. Lala, menina, tá sabendo que a filha da Isabelita, a de Redondo, está grávida?, disse Melva à Eulalia. Nossa, menina, mas ela é muito nova, respondeu Eulalia. Mas agora é isso por todos os lados, continuou Melva. E quem é ela?, não estou me lembrando quem é, perguntou Eulalia. É a mais nova de todas, menina, disse Chela, aquela que anda com tudo de fora por aí, ela deve ter catorze ou quinze anos. Chuchi passou os embutidos a Chela e bem baixinho eu pedi que acrescentasse um pão. Enquanto ela fazia isso continuava a fofocar com as outras mulheres e nem me dirigia o olhar. Ela pôs tudo dentro de uma sacola de plástico e foi direto procurar a página onde estava anotado o nome da minha avó. Arrastou o dedo pela folha quadriculada até chegar no fim, o papel acabou e ela continuou assim, arrastando o dedo, até chegar na quarta página, que era onde terminava a lista de fiados da vovó, e ali anotou o pedido em a dever e fechou a caderneta.

Saí da venda. Senti que o meu estômago estava se preenchendo de um bicho mau, de um lagarto verde e retorcido que me dava chutes por dentro. O Simpson apareceu latindo para o homem que trazia os bolos. Shhht, cala a boca, Simpson idiota!, gritou Chela lá de dentro. Pensei na lista de fiados da vovó, em como era longa comparada com as outras listas de fiados. Pensei que a minha mãe ia à venda todas as semanas pra pagar algumas coisinhas, porque, como dizia o meu pai, agora estavam ganhando dinheiro a rodo, estavam montados em dólares. Mas a lista da vovó era sempre muito comprida, tão comprida como duas Isoras empilhadas uma em cima da outra, e entendi que por mais dinheiro a rodo, como dizia o meu pai, nem as casas de veraneio nem os hotéis nem a construção podiam salvar a minha avó de todas as dívidas que o meu avô tinha deixado antes de ir embora. E sem me dar conta eu já estava na altura da casa do primo da vovó. O primo da vovó que tinha duas mulheres, a mulher que era uma esperta e a cunhada, que limpava a casa toda e cuidava do terreno. E quando passei vi a mulher sentada numa cadeira de plástico, abanando-se com uma revista de promoção do hiperdino. Ela estava usando um vestido de flores, chapéu azul e sapatinho de salto vermelho, os dois olhos pintados e os lábios e as unhas. A cunhada estava agachada sobre a roça arrancando o mato, arrancando o mato curvada feito uma figueira vergada pelo vento. Tinha a cara como de tronco de pinheiro queimado, toda craquelada e curtida. Era a mesma cara que a da vovó, a mesma que a da dona Carmen, a mesma que a da minha mãe, uma cara que era como se viesse de outro tempo, da época em que as pessoas viviam em cavernas e dormiam com os cachorros no chão, quando não existia asfalto, nem betoneiras, nem centro cultural, venda, bar, igreja, beemedablios rebaixadas até o chão, gamebois, beibiborns com buraquinho do pipi, celular com capinha, méssinger. Como quando não existia Isora e eu também não existia, como quando nós duas não éramos amigas, também, e também como não éramos agora.

153

a última coisa que sobra
pra gente

um buraco na terra cavar com as unhas e a terra e o sangue das unhas dentro dos ouvidos se enterrar talvez o melhor fosse se enterrar como os mortos e ser uma coisa debaixo da terra se transformar numa raiz de uma mata velha em alguma coisa quase comestível e por engano ser comida por uma lagarta por um animal doente com as tripas furadas cheias de vermes por fora podre como um coelho com raiva e sem mãe nem pai e com gosto de veneno das bananeiras no céu da boca agrotóxico talvez fosse melhor pedras balançando sobre a cabeça como um maracujá partido com a ponta dos molares arrancar os dentes um a um com uns alicates e colocá-los todos todinhos num prato com maionese por cima todos enfileiradinhos como *papas locas* e se alimentar dos próprios dentes feito um cachorro comendo a própria merda se alimentar de si mesma até virar do avesso feito uma meia até desaparecer até que os dentes da gente comessem a gente começando de dentro depois botar os intestinos pra fora pelo cu como uma cabra com o útero solto e fazer um colar de caracóis com os intestinos e pensar em dar o colar de presente pra isora pensar em dar a ela o suquinho da bílis que é a última coisa que sobra pra gente quando não sobra mais nada

Assim parecíamos mariposas da noite

A vovó saiu cedinho para a roça. Foi jogar comida às galinhas. Saiu cedo cedinho, quando o galo ainda cantava, e também colheu tagasastes para os coelhcs. Quando ela voltou, eu a escutei entrar pela porta com um fuzuê daqueles. Vinha com Juanita Banana, que arrastava um skate destruído que tinham dado pro seu pai pela compra de umas poltronas para o quarto da tevê. Já tinham passado alguns dias desde que eu tinha parado de falar com Isora, alguns dias que iam se aproximando de uma semana. Foi a vez que eu fiquei mais tempo sem falar com Isora. Faltava bem pouquinho para que as aulas começassem. Bem pouquinho para ver os homens da comissão de festas no topo de escadas compridíssimas como pinheiros pondo as bandeirinhas das festas nos postes de luz. Assim, em zigue-zague, todas bonitinhas feito bailarinas pelo bairro acima. Bora se jogar ladeira abaixo com o skate sem freios!, disse Juanita com o corpo dobrado no centro do tronco e dando pulinhos. Não estou com vontade, respondi sem me mexer da poltrona, encolhida feito um piolho-de--cobra. Mano, você sempre rola de rir comigo, prosseguiu ele, e me pegou pelo braço e me puxou me fazendo levantar da almofada. Garoto, me deixa quieta!, gritei. Nossa, cara, eu venho aqui te buscar e você aí, uma chata de galocha. Cara, é que eu não quero iiiiir!, gritei virando a cabeça pra televisão. Cara, por favor, ele sussurrou. Vai pro inferno, Juanita Banana de merda, lhe respondi com uma voz que não era a minha, uma voz desconhecida que nunca tinha saído da minha garganta. Ele ficou paralisado, quase chorando. A vovó saiu da cozinha com a cafeteira na mão, saiu assustada por me ouvir falar assim. Eu também fiquei assustada com a minha própria voz. Voltei a me enroscar na poltrona dando-lhe as costas e ouvi como ele ia embora, como ia embora pela porta com o skate que soava como um saco de sucata arrastando pelo chão.

Passei este dia bem quieta, como todo o resto dos dias em que eu não tinha sido amiga da Isora, cantando na cabeça uma canção da Aventura. Uma canção que dizia *adónde irá este amor? Todita la ilusión? Me pregunto a cada instante, yo sé que yo fallé pero tu orgullo y tu actitud me impiden recuperarte, niegas sentir amor, ocultas la pasión y también me rechazas, conmigo no podrás, te conozco de más, tú todavía me amas.** A vovó vinha ao quarto de tevê e me trazia suspiros, me trazia rosquinhas, goiabada e suco lybis, mas eu não queria nada. Ela me dizia eita minha filha, você tem que falar pra sua mãe te levar pra benzer porque tenho pra mim não sei por que que o que você tem é encosto e punha a mãozinha na minha cabeça como se eu tivesse febre. Febre de Isora, pensava eu. Quando já eram mais ou menos seis da tarde e eu já estava me virando e revirando na poltrona da tevê porque estava com as costas em frangalhos de estar ali encolhidinha o dia todo, a vovó me disse põe o tênis, minha filha, e vamos por aí lá pra cima caminhar daqui até a rua El Paso del Burro, que seja. Tapei a cabeça com uma almofada e fechei os olhos. A vovó pôs o tênis em mim e amarrou os cadarços, me puxou pelos ombros e saímos pra rua. A luz machucou os meus olhos, as nuvens eram tão brancas, tão claras, que eu quase não consegui ver o mundo. Com as pálpebras quase fechadas, segui a vovó caminhando, feito uma menina que caminha em sonhos, tudo parecia de mentira, as folhas da figueira, os espinhos dos ramos, os quatro ramos de trevos-azedos que restavam pelos cantos, os números das casas. Subimos pela El Paso del

---

* "Para onde vai esse amor? Toda a ilusão? Eu me pergunto a cada instante, sei que falhei, mas seu orgulho e sua atitude me impedem de recuperar você, você nega sentir amor, esconde a sua paixão e também me rejeita, comigo você não será capaz, te conheço bem demais, você ainda me ama."

Burro pra cima até chegar na altura da casa da Ofelia, uma velha ruiva que tinha um jardim lindo como uma selva e que sempre convidada a vovó pra tomar um tiquinho de café depois da novela. Eu não queria ver essa velha e fiz que continuava andando pra cima, pras casas de veraneio, mas a vovó foi direto para a porta e me disse epa epa, minha filha, isso sim é que não, você sozinha aí pra cima. Ofeeeé, gritou do pátio da entrada. Almeríííín, é você? Entra, que estou com o café no fogo, respondeu Ofelia, e a avó entrou pela porta me dizendo fica aqui fora sentadinha com os gatos. Fui pelo caminho de pedras brilhantes que Ofelia tinha feito no jardim e fiquei sentada num banco com rosas amarelas que tinha perto do degrau da entrada. O jardim da Ofelia parecia uma floresta, de tão povoado. Havia nardos selvagens nos cantos, hibiscos e hortênsias grandes como a minha cabeça, gerânios de todas as cores, orelhas-de-burro, véus-de-noiva, amores-perfeitos, rosas amarelas que pareciam tiradas de uma revista de decoração da minha mãe. Fiquei um tempinho assim, com o olhar perdido, me lembrando da vez que Isora me disse que o marido da Ofelia tinha se separado dela porque Ofelia não queria transar com ele de noite, pois se sentia cansada. E pensei que toda a força que Ofelia não tinha pra transar ela tinha usado pra deixar bonito o jardim que parecia uma floresta.

De repente senti que eu absorvia um pouquinho da força das lindas flores da Ofelia e me levantei e disparei só sozinha por aí pra cima por El Paso del Burro, rumo às casas de veraneio. Pelo caminho peguei uma folha de vinagreira e fui comendo. O vulcão estava tapado pelas nuvens e uma neblina baixa se movia entre os lençóis que estavam estendidos nos pátios das casas. El Paso del Burro nem sequer era asfaltada, as pessoas da rua tinham se encarregado de jogar cimento pela via mas até pouco tempo antes, dizia a vovó, era de terra. Fui até as casas de veraneio mascando a folha distraidamente, nessa semana tudo o que eu fazia era como se outra pessoa de dentro do meu corpo fizesse. Cheguei à altura do portão grande das casas de veraneio e trepei num banco de pinheiros pequenininhos que tinha ao lado. Fiquei sentada na parte alta do muro por onde entrava a minha mãe quando perdia as chaves. Estavam todos os gringos na piscina, tomando banho de piscina e tomando sol sem sol e comendo salsichas dessas picantes nas mesinhas da varanda debaixo dos guarda-chuvas de palmeiras. Parecia que estavam jantando, porque a minha mãe dizia que os gringos fedorentos jantavam às seis da tarde. Do alto do muro, ao longe, só se viam velhos, velhos queimados e vermelhos como caranguejos mouros. Fiquei um tempinho assim, vendo os gringos passando creminho protetor e comendo salsichas assadas nas churrasqueiras com molhinho de tomate, cortando tomates pequenininhos nas saladas, como bonequinhos perfeitos numa casinha de bonequinhos. Passou uma menina correndo, uma menina tipo da minha idade, bem loura, branca, comprida, quase transparente. Fiquei olhando para ela por um bom tempo como um gato olha para uma mosca grande se chocando contra os vidros da cozinha. Ela tinha olhos azuis, dentes grandes como pás, grandes e separados e meio amarelados. Parecia estrangeira, e lá de cima, em cima do muro eu lhe disse relou, yu laiki tu plai? E ela riu, riu com aqueles dentes podres que pareciam de um rato fedido. No laiki?, prossegui. E sorrindo ela me disse eu não falo inglês, sou de Madri. E as palavras lhe saíam pelo meio dos dentes como um assobio. Ela falava como uma tevê, como os desenhos animados, assim fino assim assim bastante fino. Vamos brincar na mata, que eu conheço um lugar bonito, respondi. Ela ficou pensando um pouco com cara de boba, com a boca aberta e as mãos nas costas. Tá, já venho, e correndo correndo foi falar com um homem velho, que eu achei que era o seu avô.

Eu esperei ansiosa, com um tremelique nas pernas do lado de fora das casas de veraneio. E enquanto esperava não pensei em Isora. Ou sim. Pensei que eu também não ia morrer se ela não quisesse ser minha amiga, que existiam mais meninas pelo mundo. E nisso a menina apareceu, com um vestidinho de flores azuis que combinavam com os seus olhos, com um chapeuzinho amarelo do Loro Parque (eu achava que só gente boba usava o chapeuzinho do Loro Parque) e uns tênis de caminhar iguais aos dos estrangeiros. A menina me seguiu sem perguntar nada. Cantava canções que eu não conhecia e pisava no chão cada vez com mais medo, como se o chão fosse cair pra baixo, pro centro da ilha. E o seu colégio fica muito longe?, ela me perguntou com aquela voz de ratinho. Uma jardineira vem me buscar, eu disse. Rarrarrá, jardineira é ônibus, né? Epa epa, jardineira é jardineira, eu disse um pouco irritada. Rarrarrá, ela riu deixando os dentes pra fora, apoiadinhos na borda dos lábios, e me deu a mão.

Eu nunca tive uma amiga que me desse a mão, então a mão da menina na minha mão dava coceira. Passamos o curral de cabras do homem barbudo que vendia queijo de cabra para a vovó, passamos os quarteirões dos cavalos da família Los Caballos, o galinheiro grande, os bancos com amoras plantadas de um casal de gringos que a vovó chamava de bebuns, que plantavam amoras e eu não entendia por que faziam isso já que havia amoreiras nas esquinas da rodovia, e já chegamos às casas altas de El Paso del Burro, as casas que davam pra mata. E sem pensar, sem dizer nada uma à outra, entramos dentro dos pinheiros e caminhamos até onde eu não conhecia mais, até mais adiante de onde Isora tinha me mostrado, porque era ela a que tinha me mostrado aquele lugar e quase todos os lugares, na verdade.

Nos sentamos numas pedras em meio às samambaias que estavam ao rés do chão sem soltar as mãos, que já estavam suando. A mata estava toda escura e cerrada e a bruma estava na altura dos nossos corpos. Sentadas assim parecíamos mariposas da noite vivendo no céu, o céu de nuvens baixas e folhagem. Você costuma brincar de quê?, ela me perguntou de repente, apertando a minha mão. Levantei os ombros, éééé de qualquer coisa, de bonecos. Peguei uma pinha do chão e movimentei como se fosse uma pessoa e ela disse vocês, os canários, são muito legais, rarrarrá, e pôs os dentes pra fora. Eu soltei um sorriso meio forçado pensando que a menina era um pouco idiota. Soltei a mão dela e comecei a arranhar a cortiça de um pinheiro. Você sabe que nesta mata vivem umas bruxas que se transformam em cães de caça pretos? Mentira, rarrarrá!, ela disse. É verdade, todo mundo do bairro sabe disso, às vezes elas fazem cocô nos quintais das casas. É verdade?, ela disse assustada. Sim, e eu consigo falar com elas. Como? Elas me deixam cartas nas cortiças dos pinheiros. Sério? Sim, e se a gente não faz o que elas mandam elas vão atrás de você no seu quarto à noite. E o que elas fazem com a pessoa? Te levam pra mata. Sério mesmo?? Sim, e tem uma coisa escrita bem neste pinheiro. E o que esta carta está dizendo? Diz morda a minha pererereca ou te mato. O que é pererereca? Pererereca é a pererereca. Abaixei a calça. Fiquei de calcinha. A calcinha era vermelha com um lacinho branco e tinha um gatinho desenhado que dizia miau miau em inglês. Com os dentes de rato, com os dentes de ratinho escravizado a menina da península mordeu a minha pererereca. Deu uma mordida rápida, como quem não quer. E eu a vi de cima. E ao vê-la voltei a pensar em Isora, em que de verdade não existia outra menina como ela. E me lembrei dos seus olhos quando chorava, aguados, verdes como uma rã num tanque. E quando a menina se levantou da folhagem tudo era bruma e lá, no alto dos pinheiros, lá lá sobre a nossa cabeça, pude ver a pontinha do vulcão.

Esfregar-se sozinha

Eu via Isora por todos os cantos. Eu via ela pendurada nas paredes, como uma santa pequenininha talhada em *tea*, como a Nossa Senhora da Candelária, era como eu a via, nua, flutuando, como a santa sem roupa que não é nada além de um pedaço de pau seco com uma cabeça espichada. Eu a via feito as alucinações de antes de cair no sono, ela era um fantasma se arrastando pelos cômodos, uivando canções tristes da Aventura às três da manhã. Isora aparecia todas as horas num tipo de telinha de televisão diante dos meus olhos, como uma foto brilhante. Eu imaginava ela se esfregando nas quinas das portas. Assistia aos *Texas Ranger* e a cada minuto girava a cabeça para ver se estava atrás de mim, roçando a perereca nas almofadas das poltronas. Eu ouvia barulhos, me assustava. Isora era uma cachorra escondida nos quartos fechados, sentia ela escangalhada dentro da minha cabeça, a ponta úmida do focinho roçando a minha coluna, fazendo arrepiar os meus pelinhos louros que crescem nas laterais das costas. E eu me esfregava, pela primeira vez me esfregava sozinha, sem ela, mas imaginando que ela estava ao meu lado. Isora esfregando-se com um giz de cera do colégio e assistindo a *La mujer en el espejo*. Isora esfregando-se depois de ter se zangado aquela vez que não passaram *Pasión de Gavilanes* porque tinha acontecido a coisa das Torres Gêmeas e não paravam de falar disso no jornal. Isora me dizendo shit, faz com este lápis, que é mais grosso e mais comprido. Isora enfiando um pregador de roupa dentro da perereca. Isora. Isora não era mais minha amiga. Eu me esfregando sem Isora. Eu me esfregando e chorando ao mesmo tempo. Eu me esfregando até sangrar. Fedor de genitália e ferro. Genitália ferruginosa. Sozinha, eu me esfregava até o fim do dia, até fazer a casa toda tremer, até caírem as pedras dos barrancos e até os pinheiros e as tabaibas girarem, até que as tabaibas soltassem leite e as nêsperas e as burras. Eu me esfregava até imaginar que o vulcão estava despertando. E então soava o alarme da prefeitura e interrompiam a transmissão do *Chaves* para que o prefeito aparecesse na televisão dizendo calma, cidadãos, calma, enquanto abaixo dele desfilava uma mensagem em letrinhas brancas bem pequenas que diziam PEGUEM SEUS PERTENCES E VÃO PARA A PRAIA, SALVE-SE QUEM PUDER, MEUS FILHOS. E então a vovó e o tio Ovi e papai e mamãe pegavam todas as coisinhas e punham em carrinhos e as subiam em cima de um caminhão gigante e eu enfiava os gatos da vovó em sacos de batatas e levava no caminhão também e o canário do tio Ovi eu levava dentro do bolso da calça e descíamos até a venda da Chela e graças ao medo que a desgraça nos dava, ao medo que tínhamos de o vulcão matar todos todinhos nós, Isora virava minha amiga outra vez e dizíamos a elas SUBAM, QUE A GENTE LEVA VOCÊS PRA LA GOMERA, QUE AQUI NINGUÉM SE SALVA DO VULCÃO. E subiam Chela, Chuchi e Isora. Isora com um vestido da mãe que ela adorava, de quando ela foi madrinha de batizado. E elas levavam toda a comida da venda na parte de trás do caminhão. Todas as caixas de alcaçuz e os sacos de batatinhas com tazos dentro e as jujubas e os chicletes de ovo de camelo e a carne enlatada pra fazer macarrão à bolonhesa quando chegássemos a La Gomera. E uma pistolinha de etiquetas vermelha linda caso quando chegássemos desse pra ganhar uns trocados vendendo produtos da venda na areia da praia. E víamos de longe como já na altura da igreja a lava tinha tragado as casas mais altas e tinha passado por cima da nossa e a minha casinha seria puro escombro, puro escombro e merda de gato torrada. Eu via a minha caminha sair flutuando por cima da lava como um barco à deriva no oceano. E o caminhão começava a flutuar no ar rodeado de tábuas e folhas de bananeira que tinham saído voando pelos ares com a explosão do vulcão. Víamos como a lava comia o bairro e a ilha e então Isora me dava a mão de repente e éramos amigas das que se amavam e se diziam te amo. E a minha mãe não tinha que ir nunca mais aos hotéis, nem às casas de veraneio, nem o meu pai à construção. Isora e eu nos virávamos pra trás, erguíamos a vista por cima dos sacos cheios de gatos e os saquinhos de xitos e os quilos e quilos de latas de carne, e víamos a terra transformada em fogo puro. A lava do vulcão cobrindo tudo. A ilha descendendo pro fundo do mar e o mar cuspindo uma espuma de ar depois de engolir a ilha e em seguida ficando quieto quietinho como se nesse lugar nunca tivesse existido nada, nem uma ilha, nem um bairro, nem uma menina dentro desse bairro se esfregando sozinha até sangrar, até feder a genitália e a pregos ferruginosos.

Lagarta rastejante

Fui atrás da Isora cedinho, com os primeiros raios de sol. Desci pela rodovia bem devagarinho, devagarinho como quem anda com a luz apagada. Desci pensando nela, no que eu achava que ia lhe dizer quando olhasse para a sua cara. Ia pensando que eu não aguentaria mais uma semana sem ser sua amiga, que tudo bem agir como se eu valesse pouco, como uma lagarta rastejante. Estava pensando que eu era uma lagarta rastejante. Eu a busquei com os olhos lá embaixo, na parte de baixo da rodovia, onde mar e céu de nuvens se fundiam. Imaginei ela encurvada como um cão de caça, engolindo a comidinha do Simpson sem mastigar, lá numa esquininha da rodovia. Os olhos saltados pra fora, o fedor de lixo nos dentes e as lágrimas de terra desenhando-se na cara suja. Me perdoa, shit, me perdoa, eu imaginei que ela dizia.

Quando cheguei, a venda ainda estava fechada. Simpson estava mordiscando a ponta do rabo com os quatro dentes estropiados que lhe pendiam da boca. A porta de trás da casa estava aberta, como sempre. Deslizei pelo corredor e a encontrei ali, no banheiro, diante do espelho, fazendo o coque de todos os dias. Isora penteava os cabelos bem repuxados no crânio, com água. Molhava o pente e tensionava o couro da cabeça. Fazia um coque bem esticado e lhe caíam uns cachos soltos. Seu cabelo crescia muito perto dos olhos. Parecia uma menina da época dos *guanches*. Tão morena, com os olhos como duas luzes verdes acesas, a cabeça apertada, o buraquinho no queixo cada vez mais aberto. O buraquinho no queixo quase um ninho de pica-paus, perfeito, redondo, como que escavado com um bico.

Isora me viu chegar através do espelho. Ela disse shit, vamos andar pra lá pra Redondo, pra onde o bairro termina, que já estou cansada de ver as mesmas coisas toda hora. Me disse isso sem virar a cabeça, disse isso para o meu reflexo no vidro embaçado, sujo, cheio de manchas de umidade nas bordas. Me disse isso assim, como se nunca tivesse partido o meu lábio num murro. E eu respondi tá, Iso, tá, assim, como se ela nunca tivesse me partido o lábio. Ela começou a escovar os dentes. Estava sem camiseta. Usava um sutiã elástico branco que Chela tinha lhe comprado na loja El 99 quando ela fez nove anos e ficou menstruada no mesmo dia do seu aniversário. Cuspiu sangue porque sempre escovava os dentes com muita força. Enxaguou a boca uma só vez, ficou com a boca e o peito todos sujos de pasta. Abriu a torneira e a água levou a mescla de cor rosada até debaixo da terra. Na minha cabeça vi o sangue de Isora viajando pela tubulação, por dentro da ilha. Ela passou o braço pela boca e absorveu o ardidinho de menta que restava no bigode. Sentou-se na privada e ficou me olhando como um cachorro que caga na roça. Usava um absorvente, desses que cheiravam a saco de lixo, manchado de preto. Não era menstruação, era piche derretido. Eu a olhei e por um momento fiquei com vergonha. Ela se limpou e se levantou. Vi sua pererreca recém-depilada, toda cheia de pápulas, tudo vermelho, irritado. Quis abraçá-la, sentir o seu intestino revolvendo o leite com *gofio* dentro do seu corpo como uma betoneira a todo vapor. Não fiz nada, como sempre. Esperei que ela terminasse de se vestir e saímos.

Fomos pelo caminho do canal. Eu caminhava atrás da Isora. Isora ia avançando, afastando a vegetação com as mãos fazendo os galhos de torga ricochetearem contra mim. Eu caminhava com os olhos postos no coque. Não me importava não saber voltar sozinha aos lugares. Isora era o meu guia de El Drago e eu, a sua gringa fedida. Como quando eu não sabia ver as horas e Isora olhava o seu relógio de ursinho puff e me dizia meio-dia e quinze, e assim eu não me preocupava nunca em aprender essas coisas que ela sabia fazer tão bem, como ver as horas no relógio da cozinha, fazer conta de somar e subtrair com os dedos, contar o dinheiro, descascar uma maçã, calcular quantas jujubas se podiam comprar com um euro, levantar ou não a calcinha quando um menino a abaixava numa caverna, chegar até onde o bairro acaba pelo caminho do canal.

Passamos por cima das lajes quebradas onde lavávamos os nossos pés. Isora parou, abaixou a calça e a calcinha e mijou dentro. Xixi com sangue pras pessoas lá de baixo, ela disse sacudindo-se bem rápido sobre a aguinha que corria. Continuamos andando e chegamos até onde terminavam as lajes do canal. Entramos por uma estrada de terra. Nas laterais havia muros brancos e ásperos e passamos deslizando os dedos pelas pelotas que se formavam com a tinta. Mais na frente, quase ao final do caminho, tinha um portão verde escrito CUIDA-DO CÃO BRAVO e ao lado CUIDADO VENENO. E dois cachorrões começaram a latir de trás do portão. Quieto cachorro malditoooo, gritou Isora atirando-lhes pedras por cima do portão, cão dos diabos, cachorro fedorento, desgraçado! Andamos grudadas do lado contrário da estrada e passamos bem rápido, como quando víamos um filme de medo e fazíamos xixi de noite. Isora me pegou pelo braço e me disse cuidado shit que por ali mora a bruxa Gloria que viveu vários anos em Cuba e aprendeu bruxaria, e apontou para uma casinha pequena com o vidro da janela quebrado. Amiga, e como você sabe que por ali mora uma bruxa?, eu disse. A minha avó me contou que uma vez trouxe a minha mãe pra ela lhe benzer contra um encosto que nunca ia embora. E ela é má?, perguntei. Não, não é má, ela ajuda as pessoas a resolver os problemas, me respondeu Isora. Então por que ela não curou a sua mãe?, eu disse. Os pelinhos do meu braço se arrepiaram. Isora não disse nada. Seguimos andando, eu bem grudadinha nela, ela me pegando com força pelo braço, tão forte, que estava ardendo.

Chegamos a um aterro vazio. Enorme. Com marcas de pneus de motos e derrapadas no chão. Bem ao lado, bem num cantinho ao lado de um pé de ciriguela tinha uma placa suja e velha que dizia REDONDO. Esse terreno todo era do meu bisavô José Casiano, ela me disse apontando para o aterro. Todo?, eu perguntei. Sim, todo, shit. E agora usam pra fazer corrida de motos e minimotos. A bitch conta que ela não o conheceu e que ele era um homem rico e gordo que fumava charutos na Venezuela. Sério? Sim, a bitch não conheceu ele porque dizem que ele teve cento e onze filhos com mais de quarenta mulheres. Todas as noites ele se deitava com uma mulher diferente. Cara, é sério mesmo?, perguntei um pouco desconfiada porque às vezes eu não sabia quando Isora estava inventando as coisas, cento e onze filhos é um montão. Tá, mas acho que ele gostava muito de transar porque senão não se tem tantos filhos. Ele devia ter o pinto todo esfolado, acho. Sim, devia ser assim, respondi. Eu continuava sem entender muito bem como se fazia para ter filhos. Bem devagar, com cuidado, chegamos à placa em que estava escrito Redondo. Pegamos umas folhas de vinagreira e começamos a comer. Isora parou de repente. Shit, ela disse me olhando nos olhos. O quê?, perguntei. Estou com medo de continuar andando. Por quê?, eu disse um pouco assustada. Me dá um pouquinho de medo de sair do bairro, ela disse com um tremorzinho nas mãos. Nos sentamos numa pedra que tinha no chão. Eu fiquei calada. Olhei para o céu e as nuvens estavam se mexendo. Estavam muito escuras, bem grudadinhas na nossa cabeça. Pensei que loguinho ia chover. Eu também tenho um tiquinho de medo, na verdade, eu disse depois. Eu disse isso assim, mas a verdade é que eu não tinha medo de continuar caminhando. Eu não sentia nem um tiquinho de medo, na verdade.

Voltamos quando a chuva já tinha começado a molhar tudo. Voltamos por onde estavam os cachorros feito feras latindo e vimos a velha Gloria tirando a roupa do varal na frente de casa. De longe Isora levantou a mão, mostrou o dedo e gritou fãc yu bitch uítche! E saiu correndo bem rápido me pegando pelo braço. Corremos e corremos até quase alcançar a altura do canal. Passou um velho carregando um saco de tagasastes para os coelhos. Tchaaaau Damián, disse Isora sem parar de correr. Nossa, minha filha, quanto tempo que eu não te via, com essa bruma te achei igualzinha à sua mãe, ele disse debaixo do saco. Isora respirava bem rápido, parecia que o seu coração ia sair pela boca. Passamos as lajes soltas. A água arrastava quilos e quilos de agulhas. Atravessamos o canal bem rápido. O chão estava escorregadio. Por fim levei um tombo. Molhei as costas todas, ralei as mãos e os cotovelos. Isso não é nada, me disse Isora com a cara ensopada. Ela me levantou do chão e seguimos correndo. Chovia como se fosse o fim do mundo. Lá embaixo, no mar negro e grande, os relâmpagos rasgavam as nuvens. Chegamos na parte de trás do centro cultural e Isora se meteu embaixo de um telhadinho. Ela disse shit, vem aqui embaixo até que a chuva fique mais fraca. Nos sentamos as duas no chão. Éramos quase de água, Isora e eu, de tão molhadas. Shit, vamos dar um beijo de namorados?, ela disse de repente. Tá, respondi levantando os ombros. Ela fechou os olhos e encostou os lábios nos meus. Eu deixei os meus abertos. Sua cara estava tão perto que eu não conseguia ver nada. Ainda sentia dor do lado de dentro pelo murro, meus lábios ainda estavam inchados. Eu abri a boca bem grande e pus a língua pra fora. Senti seus cílios na minha cara. Eram longuíssimos, espetavam como agulhas. A língua de Isora estava fria, puro gelo. Uma língua feito neve sobre o vulcão adormecido.

As bandeirinhas coloridas
em cima da praça

No dia seguinte ao de me acertar com Isora já era setembro. Eu sabia disso porque um rojão me acordou. PUM, ele soou explodindo no céu feito uma bomba. Os cachorros e as galinhas e os coelhos se assustaram e começaram a chiar nas roças. Ao longe se ouvia a musiquinha do Pepe Benavente e a voz do presidente da comissão pelo megafone falando como o bairro estava ficando bonito. Comi uma colherzinha de leite em pó com açúcar e com o coração saltitando por dentro disquei o único número que eu sabia de cor. Atendeu Chuchi, com um fiapo de voz. Minha filha, ela não está. Saiu pra praia, pra Teno, com o primo de Santa Cruz, deve voltar o mais tardar às oito.

Não eram nem onze da manhã, mas saí pra rodovia pra esperar. Ali estava a comissão em peso. Todos todinhos todos com os chapéus da cerveja Dorada e as barrigas como pedras. O presidente já estava no alto de um poste de luz pregando as bandeirinhas coloridas. Já tinha bandeirinha desde o lado de baixo do bairro até o cruzamento. Tiiiiiiito, rapaaaaaz, não está vendo que isso está torto?, gritou ao presidente um dos homens que carregava os rojões. Cala a boca, idiota, eu já estou endireitando, você não está vendo ou é bobo? Mandar fazer você bem que sabe. E foi embora o homem dos rojões pra mandar outra bomba pelos ares. Outra vez os cachorros começaram a latir feito doidos. Ouviam-se até mesmo os cavalos do quarteirão da família Los Caballos relinchando como demônios malignos. Me sentei, esperando. Embora não fosse nem meio-dia, me sentei para esperar na pontinha de um banco que tinha do lado de fora da casa do Gracián, o homem das sobrancelhas feito taturanas. Peguei um punhadinho de pedras do asfalto e fui deixando cair uma por uma, como se cada pedrinha fosse uma hora que faltava para ver surgir Isora lá no final da rodovia. O presidente desceu da escada gigante, ajeitou as calças, que estavam largas na cintura e estavam amarradas com um cadarço, e disse bom, isso já está pronto, e problema de quem não gostar. Parecia que eles não tinham a intenção de continuar pondo bandeirinhas pela minha rua acima, e isso que a vovó já tinha pendurado na varanda a bandeira da Espanha e de Nossa Senhora do Rosário, que era azul com purpurina prateada. Ergui um pouco a voz, eu, que normalmente tinha muito medo e vergonha de falar com os adultos, e disse Tito, vocês não vão continuar colocando as bandeirinhas pro lado de cima do bairro? Não, minha filha, este ano chegamos só até o cruzamento, este tal de Tony Tun Tun dos diabos pediu mais grana que um governo e aqui o dinheiro não dá pra mais nada, dali pra cima quem quiser bandeirinha que ponha. E o presidente pegou a escada e fechou. Tocou outra canção do Pepe Benavente, que na verdade não era do Pepe Benavente, mas sim de outro cantor, misturada com os latidos. A canção dizia *oye traicionera aunque yo me muera donde yo me encuentre rogaré por tualma, oye traicionera aunque yo me muera donde yo me encuentre rogaré por tualmaaaaa.**

Depois de comer asinhas de frango fritas com molho aguado da vovó e batatas cozidas, tio Ovi chegou da cidade. No caminho do médico ele me comprou uma agenda para quando eu voltasse às aulas, que já estava na hora, loguinho, e eu ainda não tinha feito nem a metade do caderno de férias, mas eu não ligava. Imaginava a agenda toda rabiscada por Isora, toda cheia de corações de Isora com flechas e olhos azuis que sempre ficavam horríveis e pareciam cus abertos com cara, e a gente rindo. Enquanto eu e a vovó víamos a novela, a pele da coxa coçava porque as pedrinhas do bolso estavam me pinicando. Estiquei o joelho e as apertei pra que pinicassem com mais força, pra que me deixassem louca de

---

* "Olha, traidora, ainda que eu morra, onde estiver, rezarei por sua alma."

dor, igualzinho me deixavam as horas que ainda faltavam para ver Isora.

Passei a tarde toda encolhida com os pokémons, o tempo todo entrando nas plantinhas com o PINTO-BOBO batalhando e batalhando com raticats e girando sem sentido pelos ginásios enquanto eu pensava em me levantar cedo cedinho no dia seguinte pra ir atrás de Isora. Às nove da noite já estávamos metidas eu e a vovó na cama. Um ferro do colchão estava pra fora e me machucava as costas tanto como Isora não ter me telefonado chamando pra ir à praia nem depois de voltar pra me contar como foi, e eu me virava pra lá e pra cá por cima do ferro até que ardia, até que me doíam os ossos como se fossem quebrar. Entre sonhos ouvi o meu pai e a minha mãe que já tinham voltado do trabalho no Sul. Em geral eles comiam um tiquinho de papaia ou um sanduichinho de presunto e queijo, mas nesse dia foram direto pra cama sem falar.

O dia ainda estava começando a clarear quando me levantei da cama da vovó. A minha mãe tinha me deixado dois euros pro chiclete na mesinha de cabeceira. Peguei a moedinha e um tiquinho de pão com banana e saí correndo pela rodovia. A venda estava fechada. Duas velhas estavam do lado de fora falando baixinho e olhando como que assustadas. Na parte de trás o Simpson roncava que dava medo de Deus, como dizia a vovó, deitado em cima do tapete de trapo na frente da porta. Bati com o punho fechado uma, duas, três, cinco, dez vezes, mas ninguém abria. Me sentei

182

nos degraus da entrada. Ayoze e Mencey passaram subindo com uma bola e eu comecei a olhar a moeda de dois euros com muita concentração para que eles não falassem comigo. Dobrei a perna uma, duas, seis vezes, para que as pedrinhas que eu ainda tinha nos bolsos me furassem. Ayoze começou a falar baixinho com Mencey e a lhe dar cotoveladas no braço ao mesmo tempo que não paravam de se virar pra trás conforme se afastavam.

O Simpson saiu e se deitou em cima dos meus joelhos. Passou outra hora. Duas. Três. Eu dobrava a perna. As pedrinhas do bolso como pregos. Passava um carro e o Simpson ia correndo atrás pra latir e em seguida voltava pra se jogar em cima de mim. De longe senti uns pés cansados se arrastando. Era Eufracia, que vinha da igreja com um rosário amarelo-fosforescente na mão. Ai, minha filha, que desgraça, você vá pra casa da sua avó que elas não vão voltar até a noite, ai, que desgraça, minha filha, um tico de gente e tão boa, e o Simpson pulava nas suas pernas, e vocês, que eram como irmãs, e você que é tão sozinha e não tem ninguém, nem mais irmãos nem nada, ai, que desgraça pelo amor de Deus e de Nossa Senhora, e o Simpson mijava, ai, pelo amor de deus que desgraça foi esta, ela dizia agoniada, pelo amor de deus diz à sua mãe que vá providenciando um irmãozinho pra você, ai, minha filha, como isso pôde acontecer, eu digo às minhas crianças que o mar é o demônio e eles entram de qualquer jeito e se põem em risco, ai minha filha, que tipo de desgraça foi essa e a velha pegou a minha mão e pôs o rosário dentro, toma minha filha, você reze ao Deus pai, que ele sempre ajuda, fora Simpson estúpido, ela disse enquanto continuava a subir a rodovia.

Fiquei sentada nos degraus da entrada da venda. Fechei a mão e por um buraquinho dava para ver como o rosário brilhava na escuridão. A minha mão começou a tremer muito forte e eu não sabia bem por quê. Subi pra casa da minha avó e comecei a sentir uma dor no peito como se tivessem me cravado um machado de ponta a ponta. Cheguei até a altura da casa do primo da vovó e não tinha ninguém arrancando grama, ninguém tirando as pragas, plantando batatas. Um cabritinho chorou ao longe. As nuvens baixaram pelas costas de El Amparo muito rápido. Senti uma baforada de merda de gato dos cantos das roças. Me detive no meio do caminho. O meu coração batia tão rápido que achei que ia estourar no peito. Me virei e olhei para o mar e para o céu, o mar e o céu que pareciam a mesma coisa. Em vez de continuar subindo, comecei a descer pelo bairro. Passei de novo pela casa do primo da vovó, pela dos homossekssuais, pela da Melva, da Conchi, e cheguei à venda. O Simpson se levantou dos degraus da entrada e veio atrás de mim correndo. Continuei descendo e passei pelo centro cultural, que também estava fechado. Lá estava o Gaspa mijando nas esquinas na altura do bar e se juntou com o Simpson. No bar também não tinha ninguém. Passamos a igreja. As bandeirinhas coloridas em cima da praça. Mais bonitas que nunca, brilhando e tremulando no ar como pessoinhas assustadas. Azul amarelo branco, azul amarelo branco. Alcançamos a casa da dona Carmen e o vira-lata da velha saiu à rua. Começou a latir pra gente. Continuei descendo. Eu ouvia os cachorros tiquitiquitiqui andando atrás de mim, como numa procissão. Me seguiam como daquela vez, quando queriam o queque da Isora. Mas eu não tinha nada nas mãos. O rosário que Eufracia tinha me dado eu não sabia onde estava, talvez o tivesse jogado e nem tinha percebido. Primeiro uma, depois outra, foram ficando para trás as últimas casas do bairro. Eu nunca tinha andado até tão longe. No fundo, lá embaixo, o sol de setembro começou a brilhar. Os primeiros raios transpassaram as nuvens feito uma navalha que caiu de cima. Passamos por uma casa com currais velhos cheia de capuchinhas, dessas laranjas que pareciam de mentira. Não havia mais nuvens cinza nem bruma nem chuva, só o sol batendo na minha testa. Olhei para trás. Dava para ver o bairro debaixo de uma camada negra e compacta de neblina. O topo do vulcão se destacava por cima do campanário. Avançamos. Passaram duas, três horas. Todas as coisas já estavam iluminadas e aquecidas e dava para ver a praia bem perto.

Os cachorros latiam.

O sol rachava as pedras.

ESTA OBRA FOI COMPOSTA PELO ACQUA ESTÚDIO EM MERIDIEN
E IMPRESSA PELA GRÁFICA PAYM EM OFSETE SOBRE PAPEL PÓLEN SOFT
DA SUZANO S.A. PARA A EDITORA SCHWARCZ EM ABRIL DE 2022.

A marca FSC® é a garantia de que a madeira utilizada na fabricação do papel deste livro provém de florestas que foram gerenciadas de maneira ambientalmente correta, socialmente justa e economicamente viável, além de outras fontes de origem controlada.